浙江有意思

**"浙江有意思"系列**

总策划 王 寒

张宏　苗青　著

# 金华有意思

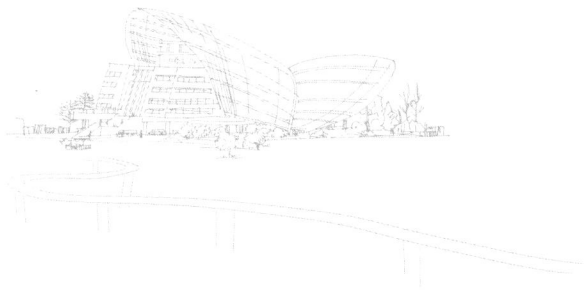

浙江工商大学出版社 · 杭州

# 作　者　简　介

**张　宏　苗　青**

我俩同为资深媒体人，生于婺，长于婺，学于婺，事于婺，是以婺土上的一花一叶皆为我们至爱，点点滴滴皆有铭刻。

爱买书、爱看书的我们，也喜欢行走在婺城的大街小巷，走遍了金华的九个县市区，并被各地的人文风貌所深深吸引。写惯了新闻报道，第一次用"段子体"的文字形式，记录金华这座国家级历史文化名城的风土人情、城市特质、人文性格和历史变迁，极其快乐！

## 1

金华古称婺州，下辖八个县，故亦称八婺。城中有条河，叫婺江；本地老百姓最爱唱的戏叫婺剧，流行于金、丽、温、衢及杭州等地；城市地图上最醒目的三江口处，建造了别致气派的一座大剧院，竖着"中国婺剧院"五个大字，是厉害的国字号。三江六岸、四面八方的"金华宁"（在金华话中，"人"的发音为"宁"）看见了，自豪感油然而生，阿郎（金华话"我们"）理所当然都是"婺"的传人。

然而，"金华宁"在《新华字典》面前深感挫折。这本号称全世界发行量最大的字典，一点面子都不给——"婺"字条目里，居然没有把阿郎婺土婺民放进去，金华与"婺"的关系，字典里一丝一毫的解读都没有，撇得干干净净。有人往出版社去函反映，似乎也无济于事。

八婺子民好憋屈。

## 2

中国城市竞争力研究会按各项指标打分，年年都要评选全国十佳宜居城市，从 2006 年开始到 2016 年，金华居然入选九次，为全国最多。这个美誉,"金华宁"还是看重的。

有的房地产老板好像不太开心,话是这个腔调:"空唠唠的十佳,房价这么低,衢州、丽水的房价都比金华高了,十佳拿回来当饭吃?"

老百姓的反应则比较一致,这样回答:"衢州、丽水房价高了不起啊?吹尿脬(金华话'气球')晓得哦,迟早会吹破的。"

用"吹尿脬"比喻泡沫,倒也形象。

不过,不要搞错,"金华宁"把"尿"字是念成"塞"的。

## 3

自古以来,金华火腿就是金华这座城市最好的名片。以前去外地开会出差,甚至到港澳台或东南亚一带,别人不了解金华这座城市,但只要一说金华火腿,外地人一般都会顿作恍然大悟状,忙不迭地说:"知道了,知道了。"

当然,现在外地人仍有不知道金华的,"金华宁"也可以与时俱进地换一张名片:"义乌晓得哦('哦'即金华话的疑问语气词,类似于'不?'),义乌就是阿郎金华下面的一个县级市。"低调中蕴含张扬,这一招很管用,因为地球人都知道义乌。

如果遇上个别不食人间烟火又不解风情的文艺青年偏偏不晓得金华火腿,也不晓得义乌,"金华宁"还有一招:"你喜欢旅游、看电影哦,横店影视城知道哦,是阿郎金华下面县里的一个镇上搞出来的。"双管齐下,火力倍增,杀伤力不是一般的大。

4

"金华人看不见尖峰山会哭的。""金华宁"听了这句俚语,感受不免复杂。

金华地处金衢盆地中间,南北方向都有群山逶迤庇护,中间是广袤的丘陵和平原。老话说是"台风吹不着,地震震不到",物产丰富,百姓男耕女织,自给自足,安耽惬意。所以,过去的"金华宁"守着老婆孩子,不愿外出打拼。

尖峰山

尖峰山是北部群山中离金华城最近的孤峰,山型规整、漂亮。城乡人民抬头便看得见,天天如此,这座小山峰自然成了"金华宁"的一种心理安慰和精神象征。

改革开放后，随着大规模工业化时代的迅速到来，"金华宁"开始反思这句俚语，并把与之关联的满足现状、不求上进心态，毫不留情地定位为"盆地意识"。

成也盆地败也盆地，兴也盆地衰也盆地，原来盆地可以两说啊，阿郎的头上被浇了一盆凉水。

5

打破"盆地意识"成了阿郎"金华宁"的共同愿望。1992年"南方谈话"春风一吹，《金华日报》开辟栏目，编发了系列文章，剖析"盆地意识"的种种表现，对症下药，栏目名称叫"醒来吧金华"，捅破窗户纸，一时民意汹涌，洛阳纸贵，读者议论纷纷，指指点点。

刊登两篇文章后，市里主要领导坐不住了，一大早还未到上班时间便赶到报社，把采编人员吓了一跳。事后报社总编回忆，市领导很开明，与报社沟通，明确表态支持解放思想，支持系列文章继续发，不过嘛，协商一下，栏目名称是否改一改，因为我们市里一直在努力，没有睡着。

果然，系列文章又发出来了，当然，栏目名称经协商改成了"崛起吧金华"。直到十多年后，还有基层干部遇到报社采编人员，情不自禁会回忆那些振聋发聩的"醒来吧金华"，大咧咧说："现在有些媒体套话多，还是当年'醒来吧金华''十八列'（金华话，意为厉害、实打实）。"

## 6

一江春水向东流。

"金华宁"有性格,金华的婺江也有性格,婺江水偏偏向西流。

婺江起源于磐安的尚湖镇岭干村,磐安位于金华最东端,婺江一路向西,出磐安,过东阳、义乌,到金华,一直流到兰溪与衢江交汇处,才转头北上向东。

如果在金华东部开发房地产,广告词的套路一定是借梯上墙,说自己"上风上水",毕竟太阳先从东部升起,江水也从东部流过来。

再有性格也拗不过自然规律,婺江到了兰溪与衢江交汇处后开始北向,汇入富春江、钱塘江,最终还是东流到海。

## 7

以前,人们礼尚往来时,高档一点的礼品,就是金华火腿了。

大家开玩笑,称火腿是"机关枪",酒是"手榴弹"。新女婿拜见丈人老头和丈母娘,一手"机关枪",一手"手榴弹",这是必需的。

当年,鲁迅先生曾给在延安的毛泽东送金华火腿。

据说,毛泽东收到金华火腿,风趣地说:"可以大嚼一顿了。"

## 8

"金华宁"把最好的地理位置说成"火腿心"。

金华城早时的"火腿心",是人民广场及周边街道,一直十分繁华。

后来,江南成立经济技术开发区,江南江北比翼齐飞,"火腿心"移至婺江中间的五百滩。

再后来,多湖区块开发,金华成了三核城市,"火腿心"便是三江交汇的燕尾洲,中国婺剧院、金华市城市展示馆在此耸立。

"火腿心"也要与时俱进的。

## 9

金华火腿确实有名,但很多人不知道如何烧。

金庸在《射雕英雄传》中,写了一道火腿菜"二十四桥明月夜",说黄蓉十指灵巧轻柔,将豆腐这样触手即烂之物削成二十四个小球,放入先挖了二十四个圆孔的火腿内,扎住火腿再蒸,等到蒸熟,火腿的鲜味全到了豆腐之中,火腿却弃之不用。读后让人口水直流。

据说香港美食家、专栏作家蔡澜,按照书中所述,将这看似不可能的火腿菜进行复制,赢得金庸先生赞叹,并且,这道菜还成了香港"镛记"酒店的私房菜。

金华的厨师读小说《射雕英雄传》,据说读到此一下点头一下摇头:点头是佩服作家惊人的想象力;摇头是感觉此菜太浪费,一只火腿就这样糟蹋了,这盘豆腐,原料成本和时间成本高得吓人。

其实,不必大费周章。"金华宁"只要在豆腐上撒些火腿末或火腿薄片,一样能蒸出小说中的那种美味效果,而且不浪费。

## 10

金华酒，黄酒中的隐士。

"晋字金华酒，围棋左传文"是明代冯时化在《酒史》中所说。金华酒竟占字、酒、棋、文四绝之一。大家耳熟能详的《金瓶梅》一书中，主人公穿的是"杭州绸"，喝的是"金华酒"，提到金华酒的场景有数十处之多。

洪武皇帝朱元璋为了金华酒怒杀一人，载入史册。朱元璋攻下婺州时，改婺州为"宁越"，为与民共度时艰，颁布禁酒令。其时，胡大海为浙江的军政首长。胡大海儿子可能是被金华酒的美妙所迷，竟违反了禁酒令。朱元璋大怒，手刃之。幕僚劝他，胡大海功勋卓著，是否宽恕，以安其心。朱元璋回答，宁愿胡大海负我，也不得破坏法令。

胡大海当时是什么反应，书上没写，但胡大海回金华后，仍然对朱元璋忠心耿耿，四处征战，最后牺牲在金华八咏楼前。

现在的金华酒逐渐式微，只有在农家自酿米酒中能找到一些遗韵。

## 11

北方酒友刚来金华，会觉得这地方只出黄酒或啤酒，不生产白酒，人的酒量肯定不行。

金华人不显山不露水，只微微一笑：金华风俗是"三中（种）全会（汇）"，懂吗？

首先是品尝地方特色的金华酒，这是必需的。北方人觉得金华酒像马尿,做菜时当料酒才用,但金华人会介绍金华酒的种种典故与传说,把金华酒夸得像琼浆玉液。外地人肯定会抱着试试看的心态,客随主便,就喝一点这么有文化的金华酒吧。金华酒,那得用碗喝,一碗是最少的,一碗黄酒下去,酸酸的,像醋,肚子开始微微作怪。

喝完金华酒,撤下酒碗,换酒盅,第二种酒要喝白酒,这才是北方人习惯的味道,于是忍不住多喝几盅压压惊。黄酒白酒混在一块,肚子开始翻江倒海。

既然是"三中(种)全会(汇)",喝好白酒,必须还要有第三种酒漱漱口。金华人对第三种酒很开放,主随客便,啤酒、红酒随便挑。

就这样把三种酒喝完,北方人基本躺倒,再也不敢小看金华人的酒量了。

## 12

过去,金华火腿、金华酒、金华酥饼被称为"金华三绝"。

不会有人想到,金华酥饼行业把五大三粗的程咬金当作祖师爷。在金华酥饼行业龙头老大默香酥饼的酥饼博物馆中,第一展厅里就立着程咬金树雕。

传说隋朝末年,在加入瓦岗寨之前,程咬金在金华以卖烧饼为生。他制出的烧饼圆若茶杯口,形似蟹壳,面带芝麻,两面金黄,加上干菜肉馅之香,风味独特。有一次,他的烧饼做得太多了,一整天也没卖完,他就将烧饼统统放在熄火后仍有余温的炉膛里,准备明天继续卖。

第二天,程咬金起床一看,经过一夜烘烤,烧饼里的肉油都给烤出来了，饼皮更加油润酥脆，全成了酥饼。这饼的香味吸引了不少人。大家见程咬金做的饼和以前大不一样，都争先恐后地品尝。程咬金很高兴，便扯着嗓子喊："快来买呀！又香又脆的酥饼！"这一叫，买的人更多了。有的烧饼铺主人还煞有介事地向程咬金请教"秘方"。程咬金哈哈大笑起来，说："我哪有什么'秘方'呀！只不过在炉膛烤一夜而已。"

　　用现代语言把程咬金的无意之举"翻译"一下，就是他采用"二次烘焙法"，使得酥饼更酥脆更香，并且大大延长了保质期。

程咬金与金华酥饼

## 13

外地人说，金华酥饼可以站着吃、坐着吃，千万不要躺着吃，否则芝麻、饼屑掉落一床就可惜了。

老金华说，哪里哪里，我们吃酥饼，一颗芝麻也不放过。

从前，张三和李四两人坐在茶馆喝茶吃酥饼。一人一个酥饼落肚，桌上留下一些饼屑，两人都觉得可惜。张三先发制人说："李四啊，酥饼好吃，那这个人你可知道？他是酥饼祖师爷。"张三边说，边用手指蘸上唾沫，在桌上写了"程咬金"三字，顺带把酥饼屑沾到手指上，不露痕迹地吃掉了。

李四看得有点着急，却也无奈，不过，桌子缝隙中，还有一些遗漏的芝麻和碎屑，他猛地一拍桌子，震出芝麻和碎屑，说："程咬金谁人不知，他有这个功夫，无人能敌。"他也一边说，一边蘸上唾沫，在桌上写下"三板斧"三个字，小有得意地把震出来的芝麻和碎屑沾到手指上，吮得干干净净。

## 14

一位温州籍新华社记者曾说，20世纪90年代他被派驻金华，来之前，他想象金华城里应该满大街跑的都是猪，因为金华猪太有名了。

金华猪两头乌被誉为"熊猫猪"。

说它是"熊猫猪"，一是因为比较珍贵，二是其外形黑白相间像熊猫。两头乌全身白色，仅头颈部和臀尾部黑色，是金华地区的特有品种。

相比其他品种，两头乌生长缓慢，并且长到一两百斤就会停止发育。它皮薄肉嫩骨细，是制作金华火腿的主要原料。

两头乌比较稀罕，曾有人把两头乌运到杭州，放在广场上展览，边上还站着美女模特衬托，就像现在车展一样。围观者如云，媒体纷纷报道。

两头乌名气大了，肉价噌噌往上涨，在市场上比普通猪肉贵一两倍。

两头乌绝对是国宝，过去，有关部门还把两头乌种猪送给外国贵宾做礼物，现在注意保护，不随意送了。

两头乌被放在广场上展览，边上还站着美女模特衬托

## 15

童子蛋,指的是用儿童尿煮的鸡蛋。

20 世纪 60 年代,金华的公园、城墙背等地,常常有人用糖果换小男孩的尿,拿回去用来煮童子蛋。学校的小便池,也可看到专门增加的接尿桶。后来,市区这种情景越来越少,基本听不到童子蛋的消息了。

但在东阳,童子蛋却香火不断,当地人认为,童子蛋有独特的滋补作用。每年春天,街巷有摊位二十四小时不间断烹煮童子蛋,当街叫卖。童子蛋还入选当地"非遗"。网友说,童子蛋的味道就是我们东阳春天的味道。

当地媒体专门请各地朋友试吃,得到点评如下。

杭州朋友:有股臊味儿,也许是心理作用吧,吃了以后,我上了好几次厕所。

东阳朋友:味道还可以,但闻起来不好闻。

金华朋友:很入味,很好吃,就是咸了点。

浦江朋友:味道有点像打卤面,一个蛋下去,我灌了三杯水。

## 16

金华人认为,零食中,生花生好吃,如果配上红糖,更是美味无比,无法形容。金华人居然这样评价:花生配红糖,抵过偷婆娘。

## 17

杭州的良渚文化,宁波的河姆渡文化,和阿郎金华的上山文化一比,简直都"弱爆了"。

2000 年,浦江县黄宅镇境内发现上山遗址,2006 年命名为上山文化,后迅速被列为全国重点文物保护单位,建造了博物馆。挖掘和考古研究的成果让人充满自豪:"我们才是浙江人的老祖宗。"

遗址中只有八十多件文物,新旧石器时代的都有,最早的有一万年左右的历史,件件珠玑,比宁波的河姆渡文化早了三四千年。

遗址中的稻子更是"逆天",简直改写了世界农业史,使中国成为水稻起源地。而此前主流世界史专家一直认为中国远古只出产黍、稷。

关键是阿郎上山文化很低调,一般人不知道。

## 18

"如果中国有两个王选,日本就会沉没。"这是美国历史学家谢尔顿·H.哈里斯对王选的评价。

王选,祖籍浙江省义乌市崇山村,生于上海。1969 年,王选作为女知青到崇山村插队,在那里生活了四年。后来,她在日本留学时,逐渐发现侵华日军在崇山村以及在整个中国发动细菌战的真相。

看到了就不能背过身去装不知道。

她发挥既懂日文、英文,又懂中文,还懂义乌方言的优势,锲而不舍,积极参与调查取证与诉讼,最后被推举担任中国细菌战受害者诉讼原告团团长。

她以一介平民身份，与日本政府对簿公堂，即使一次次失败，也毫不气馁，坚持还原真相，揭露罪恶。

2002 年，王选被央视评为"感动中国年度人物"。《感动中国》的颁奖词是：她用柔弱的肩头担负起历史的使命，她用正义的利剑戳穿弥天的谎言，她用坚毅和执着还原历史的真相。她奔走在一条看不见尽头的诉讼之路上，和她相伴的是一群满身历史创伤的老人。她不仅仅是在为日本细菌战中的中国受害者讨还公道，更是为整个人类赖以生存的大规则寻求支撑的力量，告诉世界该如何面对伤害，面对耻辱，面对谎言，面对罪恶，为人类如何继承和延续历史提供了注解。

## 19

两位毫不相干的外地人，却在金华生死邂逅，掀起惊天波澜。

一个温州女子在金华婺江跳水轻生，一位来自山东，在金华部队当兵的小伙子奋不顾身，从桥上跳入江中相救。

结果，女子得救了，小伙子却牺牲了。

小伙子长得帅，有点像姚明，他的名字叫孟祥斌，时年 28 岁。当时，他的妻子和女儿来金华探亲，一家三口欢欢喜喜逛街，不料妻女却眼睁睁地目睹孟祥斌救人和牺牲。这样的场景，触动了人们心里最柔软的部位，感动了整座金华城。

孟祥斌出殡时金华举城哀悼，以致机关单位要求职工不要再去殡仪馆了，在那里送别孟祥斌的群众创纪录地达到三万人，人山人海，基本就是挤得前胸贴后背。

孟祥斌的骨灰被送回山东老家安葬,但英雄救人的桥边立起了一座孟祥斌的雕塑,孟祥斌和我们金华人永远在一起。

2007年,央视《感动中国》栏目,评选孟祥斌为"感动中国年度人物"。

*20*

古诗云:"谁言寸草心,报得三春晖。"

金华民谚说:"父母待儿女路样长,儿女待父母箸样长。"

这都是用朴实的比喻,授人以孝。

有一位金华磐安人,名叫陈斌强,他用行动,努力做到"待父母路样长",让人动容。

"小时候,这根布带就是母爱,妈妈用它背着你。长大了,这布带是儿子的深情,你用它背着妈妈。有一天,妈妈的记忆走远了,但爱不会,它在儿女的臂膀上一代代传承。"

这是央视对2012年"感动中国年度人物"陈斌强的颁奖词。

陈斌强是磐安县一名普通教师。2007年,陈斌强的母亲患上了老年痴呆症,生活不能自理。为了更好地照顾母亲,家住县城的陈斌强,每周都会将母亲绑在自己身上,骑摩托车行驶三十公里,带着母亲前去学校上班,到了周五,又将母亲"绑"回家中照料。一连五年,风雨无阻。

陈斌强看似普普通通的举动,触动了人们心中最柔软的部位。虽然古语说"忠孝不能两全",但是永远不能放弃。

## 21

孔老夫子曰:"见贤思齐焉。"

金华人更是注重挖掘身边模范以"思齐"。

"感动中国年度人物"评选活动从 2002 年开始举办,得到了中宣部的高度评价,要求作为品牌持续办下去。

自从央视举办"感动中国年度人物"活动以来,截至 2016 年,金华一共有五位先进人物获得殊荣,这在全国各城市中并不多见,足以让金华人自豪。

金华,因大善而大美,被誉为"道德高地",宣传部门因势利导,打响"善美金华"的牌子。

这五位"感动中国年度人物"分别是:2002 年,不屈不挠、还原历史、揭露罪恶的王选;2007 年,青春激扬、舍身救人的孟祥斌;2010 年,岗位平凡、任劳任怨的"警界保尔"孙炎明;2012 年,寸草春晖、重孝重义的陈斌强;2016 年,突破前沿的科学巨子潘建伟。

## 22

金华的江南区块,是金华人生活与创业的热土。然而,在江南的中心地带,却有一块"飞地"。这在全国独一无二。

江南的金磐开发区,就是磐安县的"飞地"。

1995 年,磐安还是省级贫困县,规划面积三点八平方公里的金磐扶贫经济开发区在金华江南落成,这是浙江省唯一以扶贫为目的的异地开发区,这一布局,一方面变"输血式扶贫"为"造血式扶贫",另一方面减轻了磐安县的生态压力。

这种"飞地"式扶贫新模式,在当时,全国并没有可参考的范式,在一片空白之上,金磐开发区创造性建立健全了科学的管理体制"三独立三接轨",确保工作高效开展。"三独立"即:独立行使县级经济管理权;产值和税收归磐安所有;园区内的建设管理自行组织实施。"三接轨"即:总体规划与金华市区接轨;经济政策与市区保持一致;土地征用由金华市开发区统一组织实施。

"飞地"的成功有目共睹,区内优势企业占磐安县的三分之一,高新技术企业占磐安县的百分之八十;各项经济指标增长速度在两位数,亩均税收十八万元以上,达到全省先进水平。

从黄金地段拿出土地做"飞地",这要多么博大的胸襟啊。金华人应该为自己点个赞。

## 23

若问文化底蕴,金华名人的知名度远不及杭嘉湖绍甬等地。但自从进入现代社会以来,杭嘉湖绍甬不如金华会宣传,金华才是产生新闻的热土。所以,现代以来,金华新闻界名人特别多。

有以"铁肩担道义,辣手著文章"自勉的《京报》创办者邵飘萍,金华市区还专门命名一条马路为"飘萍路";有《新青年》编辑,翻译《共产党宣言》的陈望道;有战地记者,两岸密使曹聚仁;有参与创办《新华日报》,后任国家出版事业管理局局长的石西民;还有在港澳台名声极大的联合报系创始人王惕吾。艾青、千家驹等人，也都干过编辑或记者。

就说近的，2016 年，《金华日报》拿到中国新闻奖两个一等奖，而省报《浙江日报》只有一个三等奖。截至 2017 年，《金华日报》连续八年共获得九个中国新闻奖，其中三个一等奖，在全国地市媒体中居于最前列。浙江新闻界人士看到《金华日报》只能说："佩服，佩服。"

*24*

"金华宁"说"挨打"是"吃柴"。中小学生如果沉迷网络游戏，家长肯定给他"吃柴"。

一家互联网公司，干脆给自己取名"5173"，意思是"我要吃柴"。

在金华，你会听到有关"5173"的段子，说一个二十来岁的小伙子，没去欧美长过见识，甚至没读过什么书，整天游荡在网吧打游戏。但是在打网络游戏的过程中，他从别人那里买装备受了骗，便自己开了家小公司，专门给那些像他一样需要交易游戏装备的玩家提供平台。小伙子手头没什么钱，开公司时去找朋友借二十万。朋友的老婆不同意，说钱给了他基本上就是打水漂，连声响儿都落不着。孰料几年之后，这家公司的营业额超过七十亿，这个女人拍着大腿后悔不迭。

这段子现在流传的版本基本都被加工好多道了。

但是，说"5173"歪打正着也好，说小伙子眼光敏锐也罢，公司确实已成长为国内最大的网络游戏装备交易平台。

## 25

金华的政府部门搞了个便民服务中心，以 88900000"拨拨就灵，灵灵灵灵"为专门热线号码，为市民提供各类便民服务，也即"金华人的生活秘书"，老百姓感觉方便不少。

经过一段时间运作，发现有效诉求最多的居然是请求挪移乱占位置及乱停之车，约占来电的百分之五。

便民服务中心 88900000 热线还有一大功能是接受投诉。政府要求，被投诉单位须及时解决投诉问题，或解释回应问题，结果必须反馈给便民服务中心，叫作"件件有着落"。

有一次，一座寺庙与一个单位因工作发生了一点小矛盾，寺庙方找了几次，对方单位皆因有事未能及时回应。

寺庙住持一个电话打到 88900000，当天下午，对方单位即派人上门前来沟通，双方愉快地解决了问题。当然，这个结果也要反馈给 88900000。

单位里人说，这和尚，还挺懂政务。

## 26

金华城市的南北两边，各有一条山脉。金华人倒也简洁明了，南面山脉称之为"南山"，北面山脉称之为"金华山"或"北山"。

金华山，俗称北山，古称常山、长山，属龙门山脉的支脉。从范围看，金华山西南起兰溪，绵延过婺城区和金东区北部与东北部的罗店、赤松、曹宅、源东等乡镇,东北达义乌至浦江而止,横亘数地,与北之天目、会稽,南之括苍、武夷,东之天台、四明,西之衡、庐等山脉并列齐名。

北山好比是家里的宠儿,好吃的好喝的都给它了。双龙风景区、黄大仙祖宫、智者寺等自然景观以及人文景观都在北山。《徐霞客游记》中就对北山有记载,北山还是中国道教的"第三十六洞天"。古老的金华山,受过古代十五位帝王及历代无数名人的垂青和关爱,山林洞天中留着他们的足迹和墨迹。

再来看南山,属仙霞岭山脉,从浙闽边界延绵而来,盘亘于武义、永康、金华、东阳、义乌边界。当年粟裕的挺进师曾活跃在这里。南山山谷地深而遂远,是水利专家眼中的宝地,金华市区四座各近一亿方库容的水库,都藏在南山山谷之中。这四座水库就是金华市区的"大水缸",基本解决了市区发展的用水问题。

南山默默地为金华奉献这么多,但还是没什么名人为南山写"小情歌"呢。

同一个地方的两条山脉,待遇为何如此不同呢?


## 27

在金华,有一条窄窄的小巷名叫酒坊巷,从将军路迈入巷口后行进不到三百米,是一幢民国初年建造的老房子。房前挂着一块木牌匾,这块题有"台湾义勇队纪念馆"字样的牌匾,落款为"马英九敬题",这也是曾为台湾地区领导人的马英九在大陆的唯一题词。

1939 年 2 月 22 日,在国共两党支持下,在大陆的台胞以李友邦为队长,在金华酒坊巷誓师成立台湾义勇队。在抗日烽火燃遍祖国大地的艰苦岁月里,具有正规军编制的台湾义勇队将士们以"保卫祖国,收复台湾"为宗旨,转战浙皖闽各省。他们深入敌后与沦陷区,在宣传教育、对敌政治工作、战地医疗、生产报国等方面开展了卓有成效的工作,是直接参加祖国抗战影响最大、持续时间最长的台胞抗日队伍。1945 年抗战胜利、台湾光复后,台湾义勇队成员返回台湾并解散。

2014 年,国务院公布了首批国家级抗战纪念设施、遗址名录,金华"台湾义勇队纪念馆"是其中唯一的涉台抗日遗迹。

## 28

作为国家历史文化名城,金华还是有几件东西在全国属独一无二的,太平天国侍王府就是其中之一。

太平天国侍王府,简称侍王府,坐落在金华市区酒坊巷,曾是太平天国侍王李世贤在浙江的军事指挥中心,太平军攻占金华后建造,是我国现存太平天国建筑中保存最完整、规模最宏大、壁画等艺术品最多的一处,极为罕见。1988 年被列为第三批全国重点文物保护单位。

太平天国的一份《天父圣旨》记载:"天朝所画之龙,须要五爪,四爪便是妖蛇。"

中国皇帝自称"真龙天子",五爪金龙在封建社会中仅供皇帝专用,达官贵族、皇亲国戚,最多只能使用四爪龙和三爪龙。

然而在金华太平天国侍王府,严格遵循所谓"天父教诲",随处可见五爪金龙，以石雕、砖雕、壁画等形式呈现在醒目之处。

照壁南面两侧各有两条巨龙，五爪图样特意放在图案中间；照壁基座，北面是双龙戏珠，虽然石头风化严重，但五爪依稀可认；照壁上端檐口处的砖雕，南北两面也是五爪金龙。

有关专家也论述："《天父圣旨》明确规定：龙必须是五爪，否则就是违其典制。这同时也体现了太平天国的反封建意识，龙不再是皇帝一人专用。"

**太平天国侍王府**

## 29

杭甬温之外,浙江第四城在哪里?

答案是,在我们金华。正式名称是:金华—义乌都市区。

有着"浙江之心"之称的金华,尽管下辖义乌、永康、东阳等百强县,却明显存在"小马拉大车"的现象。"群珠无线、核心不强",影响了金华地区的发展。

2004 年 8 月,时任浙江省委书记的习近平在金华调研时就指出:"建设浙中城市群,不仅是金华的大事,也是优化全省城市空间布局的大事。"

2011 年 2 月,国务院批准实施《浙江省城镇体系规划(2011—2020)》,浙江省委、省政府明确将浙中城市群作为"浙江省接轨上海、融入长三角、参与全球竞争的三大主体城市群之一"来定位。而作为这一城市群的中心,金华—义乌都市区也因此被确立为"浙江省第四大都市区、长三角区域中心城市、参与全球竞争的国际门户地区、带动浙江中西部地区经济社会发展的重要增长极"。

目标明确,撸起袖子干呗。

## 30

阿里巴巴集团的智能物流取名"菜鸟",似乎与金华有关。

曾舌战央视主持人的原浙江省工商局局长郑宇民透露,一次,把马云请到金华时,金华刚刚决定,在金华和义乌交界处开发金义都市区。金义都市区此时还遍地田野丘陵,金华的书记、市长在金义都市区等马云,马云因故迟到二十分钟,市领导冒雨等了他二十分钟。听了金义都市区的宏伟设想,马云有所感触,提出,一定要为金义都市区做些什么,结合阿里巴巴的规划,就做智能物流吧。

马云说,智能物流还没起名字呢,得先取个名字。只见周围都是菜地,正好菜地里飞出一只鸟,就叫"菜鸟"吧。

"菜鸟物流"就这样从金义都市区起飞了,而且一飞冲天。

金义都市区因为"菜鸟"的率先入驻,成了投资者青睐的热土。

## 31

如果说,金华是"浙江之心",那么,三江六岸就是"金华之魂"。

义乌江与武义江在金华交汇,形成婺江,老城区孤悬江北。那时,江南一片蛙声稻花香,旧机场横亘在各种农作物之中。

改革开放前,"金华宁"不知道这个三江六岸的地形对一座城市意味着什么。

随着江南区块和多湖区块的开发,这座城市终于明白,三江六岸就是宝,是老天对金华城的馈赠。

三大区块并驾齐驱,形成城市的三个核,金华变成了"三核城市"。

金华终于找到了城市建设的"金钥匙"。

占据城市中心的三江六岸建成了各式美丽的水岸公园,城市的幸福感从这里溢出。三江六岸区域分布着大大小小二十六个滨江公园,这些公园就像是散落在江边的一颗颗珍珠,是由三十七公里长的绿道串起的金华市区"城市大客厅"最核心、最美丽的风景线,金华市民可以"堤岸漫步,花海闲游,湿地穿越,林间穿行"。

只有爱狗人士有意见,因为城管部门规定,三江六岸不得遛狗,如不听劝阻,狗狗会被强制收容。

## 32

金华,终于也有自己的"西湖"了。

这个金华"西湖"就是湖海塘水库。

1949 年,金华刚解放,水利部门就提出修建湖海塘水库,以灌溉江南良田,同时也能发电。

1950 年 1 月起,从梅溪拦河坝到西关尾水渠,全线长约二十公里的工地上,四五千人日夜施工,场面非常壮观。经过九个月的艰苦奋斗,湖海塘水库建成,可浇灌附近一万五千亩土地。1950 年 9 月 30 日,电站试车发电。1950 年 10 月,电站正式向金华城区供电,成为当时城区的主力发电厂。

没想到,过了五六十年,原来的一万五千亩农田成了高楼大厦和厂房,湖海塘水库已被城市包围,成了城中湖。

现在,湖海塘水库完成历史使命,实现华丽转身。总投资五点六亿元,总占地面积二百九十三万平方米的湖海塘公园已经建成并向市民开放,成为金华市民又一休闲娱乐的好去处,周边的房价也因此上了一个新台阶。

## 33

金华最著名的树,当数太平天国侍王府中的两株"千年古柏"。

两株高数丈的古柏植在侍王府的耐寒轩前,相传为五代吴越王钱镠亲手种植,历经一千一百多年。古柏经历风霜雨雪,树身向屋顶严重倾斜,各用四五米高的水泥梁柱顶住。

柏树至今依然苍劲古拙,柏根似蟠龙腾跃,千百年来不减挺拔之势,肃然耸立,这两株古柏被列入全国十大古柏。

被称"活文物"的古柏阅尽世事沧桑:侍王府原系唐宋时州衙所在,元为宣慰司署,元末朱元璋曾驻此。明时为巡按御史行台,清朝为试士院。太平军攻克金华后,即在此召集工匠大加修葺,作为侍王李世贤的指挥中心。民国后,这里改为学校。1925 年,中共金华地区首个党支部和首个团支部就诞生在这里。

## 34

金华的市树是樟树。

这个选择比较随大流,江南不少城市都把樟树作为市树。

然后,市区许多街道种植樟树作为行道树。而在此之前,金华的行道树主要是法国梧桐。这两种树都能遮天蔽日,夏日里,行人晒不到太阳,下小雨时,行人淋不到雨。

金华人爱种的还有桂花树,基本种在小区里面,一到 10 月,各小区丹桂银桂争芳吐艳,香得使人有点受不了。金华人还在安地镇开辟十里桂花长廊,举办桂花节。这份热爱实实在在,估计可将桂花树作为"第二市树"了。

35

金华的市花是山茶花,让人有点想不到。

看过金庸小说《天龙八部》,还以为山茶花都是云南种植的呢。

21世纪初,金华市婺城区竹马乡下张家村建成占地五百亩的国际山茶物种园,收集了十七组共二百零二个物种,一千多个品种。金华国际山茶物种园,是目前国内唯一的一个综合性山茶物种园。据资料,国外也还没有类似的专类园,即使有山茶物种的收集园所,其总数量也不超过七十个,因此可以说,金华国际山茶物种园是当今世界上山茶物种收集得最多的地方。除此之外,金华还有一座茶花主题公园,叫中国茶花文化园。

2012年,CCTV-7播出了在金华市婺城区罗店镇录制的《乡约》,茶花也是罗店的金名片之一,罗店农民展示了他们培育的几个"当家花旦",其中"碧玉""大富贵""大将军""紫荣华"等品种的花树是世上唯一。节目播出几天后,罗店镇党委书记接到了一个来自北京的电话,电话中,一个男子说他们看了央视这期的节目,对金华的山茶花十分感兴趣,很想做进一步交流。

之后,几位客人来到罗店,大家才发现,来者是老外,而且,他们一再要求国籍保密。

最后,老外花了一千万人民币买了一棵茶花树。老外花的是美元,花农用了快一年时间才将这些钱从美元兑换成了人民币,花农说:"每天只有七千美元的兑换限额,换钱都费了很多时间和心思。"

唯一能透露的是,老外看中并购买的是"大将军"。

36

金华佛手人见人爱。

其状如拳如指,其香馥郁幽远。

外地人觉得,嗅佛手能近佛韵、修佛性,佛手还能泡茶、泡酒,是个好礼物,兴冲冲买回去自己种养。不料,金华佛手很有灵性,离开金华,第二年要么不再结果,要么干脆死了。

外地人急忙询问金华朋友怎么回事,"金华宁"往往做神秘状,答:金华佛手就这德行,肠胃娇嫩,易水土不服。

光绪年间的《金华县志》记载:"佛手柑,邑西吴等庄为仙洞水所经,柑性宜之,其透指有长至尺余者,香色亦大胜闽产。"其实,金华佛手种得好的,主要也就是北山山脚的罗店、赤松等几个地方。本地其他区域多数也无法种好佛手。资深花农说,离开北山双龙水,金华佛手就真的难以结果了。

北山双龙水浇灌的金华佛手

37

　　每一座城市,都会千方百计争取建造自己的飞机场,"金华宁"不
屑:我们不稀罕,我们是拆机场的。

　　1942年,侵华日军发动浙赣战役,占领金华后,强征附近各县民
工,在金华城外三江交汇的夹心地带,修筑军用机场。

　　机场刚修好,日本侵略者的末日也到了,1945年,日本战败投降。

　　1949年,金华解放,中国人民解放军接收机场。由于机场太小,金华人也没看见有什么飞机来过。日本人在机场边建造的碉堡也没拆，牧童悠闲地在机场边的草地放牛。

"文革"中，不知出于什么原因，要扩建机场。不久，新机场完工，旧机场也没拆，仍保留，与新机场混为一体。除了一两架洒农药的农用机，仍然没看见有什么飞机来过。后来，这座双跑道的机场成了汽车驾校最佳的练习车道。

改革开放了，金华城慢慢扩大，机场夹在城市中间。机场跑道被民间租用，成了金华最大的建材市场，熙熙攘攘，热闹非凡。

此时，机场已被飞速发展的城市完全包围，军地协商，最后决定，拆掉机场，把土地交给地方。

现在，机场一带，崛起了金华多湖中央商务区，成了金华城的一个新核心。

时间会冲淡记忆，在老金华人的口中，还常常能听到"飞机场""飞机场"的，也许再过几十年，那时的金华人就不知道金华还有过这样的机场了。

## 38

外地人恐怕难以想象，金华是南方奶牛之乡。

中华人民共和国成立前，金华农校以及英士大学就引进了荷兰奶牛进行研究，民间也开始零星饲养奶牛。

改革开放之初，时任金华地委书记的厉德馨在调查研究中发现，农民养十来头奶牛，一年就能成为"万元户"，便号召农民因地制宜养奶牛，并在政策上予以扶持。金华奶牛产业从此蓬勃展开，产量最高时占全省一半。

时任中共中央总书记的胡耀邦看到相关材料,做了批示给予肯定。

金华顺势而上,建立乳品厂,从农户饲养、收购到加工形成一条龙,并生产出国内第一批塑瓶装纯牛奶,广告词"金要纯金,奶要纯奶"风靡全国。

现在,国内牛奶生产"大佬",如光明、伊利等纷纷在金华设立基地。

现在农村已不提倡散养奶牛,改为要求集中化、规模化管理。如九峰牧场的养殖区域,占地一百五十亩以上,有奶牛数千头。挤奶早已告别手工,德国的转盘式挤奶机比人干得更加出色;偌大的牧场几乎闻不到异味,采用的是生物降解法;夏季牛舍温度始终比外界低八摄氏度,奶牛吃的是进口苜蓿草、江苏基地种植的青贮玉米,烦躁时还能听听音乐。这里有句口号:像对待公主般伺候奶牛,养快乐牛,产优质奶。

## 39

不用参加高考就能读大学,做梦吧?

不,不是做梦。全国唯一的大学直升班就在金华二中,而且已经办了十多届。

直升班面向全省招生,每年参加直升班入学考试的学生达到三四千人,但是直升班的入学名额只有五十个,录取比例超过60:1,火热程度堪比"国考"。

金华二中直升班自2000年开始招生,报考火爆程度就从未下降。直升班毕业生可以直升浙江师范大学。

"金华二中"这个名字,金华人叫习惯了,实际上,它现在的正规名字叫"浙江师范大学附属中学",然后后边加个括号,里面写金华二中,为浙江省教育厅直管的两所中学之一。

## 40

1993年,金华举办了有史以来第一次大规模"金华小姐"选美比赛。

企业赞助,媒体主导,算得上是半官方了。

选美是个新鲜事物,市民众说纷纭,有支持的,也有不屑的,众人满怀期待地看热闹。

由于没有经验,既没有对选手进行封闭培训,又怕被说有黑幕,没有排练,决赛直接就上电视直播了。上海电视台著名主持人叶惠贤担任决赛主持。但是,准备不充分的后果显现出来了,姑娘们回答问题环节表现不佳,有时,被问看似极简单的问题也卡壳。

这下被不屑者逮着了口实:"选手有相貌没文化,水平不高,不能代表金华。"

一些全国性媒体也纷纷跟踪报道。

倒是叶惠贤见多识广,认为这些才十七八岁,最大二十来岁的姑娘表现得很好,他把"金华小姐"前三名带到上海电视台,专门做了一期节目,以示鼓励。

这三位姑娘原本被舆论压得有点抬不起头,做完上海电视台节目后,她们大受鼓舞,信心倍增。冠军去读了传媒学校,成了一家电视台的著名主持人;亚军下海,组建时装模特队,干得风生水起;季军从军,后就读于解放军艺术学院,成了军营、警营歌手:都走了文艺道路。

## 41

金华人可能天生是做生意的料。

据金华学者考证,婺商至少有六百年历史。

据上海的志书记载,清末民初,上海商帮中就已有"金华帮"的提法,并与"宁波帮""绍兴帮"并列。清朝末年,日本的调查报告称,在上海的外地商人,有二十二个"帮",其中,"浙江帮"有四个,分别是"宁波帮""绍兴帮""金华帮""钱江帮"。

难怪现在的金华成了市场大市,原来根基深厚啊。

如今,义乌的小商品城,永康的科技五金城,每年交易额都排在全国前三。东阳红木家具、浦江水晶、磐安中药材等市场,也都名闻遐迩。

现在,金华人顺势而为,转战电子商务,又成了电商大市,各网络平台上,活跃着金华商家十七万余家。

义乌在"2016年十大淘宝村集群"榜中名列第一,连总理都到义乌淘宝村进行过考察。

位于永康的中国科技五金城

## 42

"出六进四"，这是一句金华古训。说的是回礼要比别人送的礼多，比如，昨天邻居送我四个鸡蛋，今天我回送六个鸡蛋，这样才够意思、讲情义，才有面子。

改革开放后，金华人把这句话用在做生意当中，尽量为对方多考虑一点，自己赚得少一些。

所以，金华涌现出的市场群，普遍特点就是价廉物美、薄利多销，如义乌有个吸管大王说,他的吸管一根只赚八毫,也就是一百根吸管才赚八分钱。

金华各个市场的产品价格确实诱人,客商纷至沓来,义乌的小商品城,已连续二十多年交易量全国第一,永康的中国科技五金城交易量也连续居全国前三。

## 43

"金华仅次于深圳、贵阳,跃居全国年轻城市排行榜第三!"QQ大数据发布的2017年全国城市年轻指数显示,深圳以指数八十七蝉联全国"最年轻城市",金华异军突起,指数从上年的八十提高至八十五,位次从上年的第八位跃居第三位。

金华成为年轻人最喜爱的城市之一,是有理由的。

在报告发布者看来,近年来,一线城市越来越高的生活、交通成本,以及不堪重负的高房价,压得年轻人喘不过气来,以致很多人谈论要逃离北上广。年轻的大学生、创业者,出现了向二线、三线城市流动转移的大趋势。

年轻人爱上金华,一因创业环境:近年来,金华把信息经济作为五大千亿产业的首位产业来抓,先后荣获中国电子商务创业示范城市、中国电子商务创业创新城市、国家首批电子商务示范基地、国家现代服务业综合试点城市、国家信息经济示范区试点城市等"国"字号称号,还曾被评为中国十大电子商务城市之一。

二因生活环境:有数据显示,2015年在金华市区购房的群体中,来自金华市区的占百分之七十八,外省占比百分之八;2016 年来自金华市区的降至百分之七十四,外省上升至百分之十五。如果说外地人在上海、杭州等大城市买房,更多的是考虑投资;那么外地人在金华购房,则是喜欢上了这座江南城市,选择在此工作、生活,"择一城而终老"。

## 44

中国传统文化中,儒、释、道如鼎足三分。

金华对应三教标杆,从本地人中,成功树立了三个"国家级"大咖,推上神殿。

黄初平,后世称为"黄大仙",出生于金华兰溪。黄大仙原是当地的一名放羊的牧童,在金华山中修炼得道。

傅大士,姓傅名翕,义乌人。他是南朝梁代禅宗著名之尊宿,义乌双林寺始祖,中国维摩禅祖师,与达摩、宝志公共称梁代三大士(德行高者为大士)。

胡公,北宋时永康人,少果敢,有才气。他曾考取进士,步入仕途。明道元年(1032)江淮大旱,饿死者众,胡则上疏求免江南各地身丁钱,诏许永免衢、婺两州身丁钱。两州之民感其德,多立祠祀之。今永康方岩有胡公祠。

三人都是普通人。黄大仙年轻时牧羊,傅大士年轻时耕作劳动,胡公年轻时读书求学。然后,黄初平成了"黄大仙",被列入《神仙传》,在中国香港及东南亚一带,香火极盛;傅翕成了"傅大士",为五百罗汉之一；胡公学而优则仕，毛泽东来金华时曾说，胡公是人不是神，为官一任造福一方。

三位先贤就是我们身边的"励志小哥"，民间版的儒、释、道三宝。

原来，金华人顶礼膜拜的，就是我们自己。

## 45

有人说，作为男人，我只服三个人：一是许仙，敢与蛇睡；二是董永，敢与仙睡；三是宁采臣，敢与鬼睡。

其中，宁采臣的故事，就发生在金华。

按故事作者蒲松龄说法，故事发生在金华城内的兰若寺中。可是金华似乎没有兰若寺呀。

有好事者分析，兰若寺可能是西峰寺，因为西峰寺早先为寺院，后来成为坟场。也可能是万佛寺，因为万佛寺就在金华城北。

不过，西峰寺、万佛寺或荒或毁，都不在了，令人唏嘘。

《聊斋志异》中的聂小倩与宁采臣，成就了一段经典的人鬼恋。故事太精彩，导致境内外以此为题材的电影和电视剧拍了又拍，数量至少有十部，靠着这些作品，红了一茬又一茬的明星。

金华人说，明星们都得来拜拜兰若寺，拜拜宁采臣。

明星们都得来拜拜兰若寺,拜拜宁采臣

## 46

"金华宁"公认,宋朝女词人李清照在金华时写的一首诗,是宣传金华的最佳广告词:

### 题八咏楼

千古风流八咏楼,

江山留与后人愁。

水通南国三千里,

气压江城十四州。

此诗以楼带城,写出了金华的大气魄、大格局,豪放、激昂。诗歌被收入金华乡土教材,朗朗上口,中小学生人人会背。

"金华宁"无处付广告费,于是在八咏楼上特意立起李清照雕像,供人凭吊,发思古之幽情,以此让后人铭记这位避难来金华的富有才情的女词人,也算蛮对得起她了。

必须再八卦一下。

李清照作为婉约派代表人物,据考,只作了两首豪放之诗,除了《题八咏楼》,还有一首《夏日绝句》更出名:

生当作人杰,死亦为鬼雄。

至今思项羽,不肯过江东。

这两首硕果仅存的豪放诗,恐与李清照生命中的两个男人有关。

第一个是恩爱丈夫赵明诚,在任江宁知府时,遇到突发情况,却丢下百姓与妻子,临危避敌,成为逃兵,被朝廷罢官,此事以后,李清照在逃难途中有所感怀,写下《夏日绝句》。

后来赵明诚郁郁病故,李清照改嫁张汝舟,不料发现张汝舟表面谦谦君子,实际上是人渣,她主动与其打官司离了婚,然后流落金华。此时,50多岁的李清照韶华已逝,登八咏楼远望,江山依旧,国难家愁满腹,难以释怀,写就《题八咏楼》。

**李清照与八咏楼**

## 47

义乌江、武义江在金华老城边双江汇流,形成婺江。婺江水面开阔,常有轻舟泛于江上。

李清照流落金华时,远眺双溪,写下这一首极尽婉约的《武陵春》:

风住尘香花已尽,日晚倦梳头。

物是人非事事休,欲语泪先流。

闻说双溪春尚好，也拟泛轻舟。

只恐双溪蚱蜢舟，载不动许多愁。

好一个"物是人非事事休"，国破家散，郁郁难欢，欲说还休。

"金华宁"很配合地在武义江边上修了一条路，路名双溪。现在，这里已是金华最热闹的道路之一。

当然，双溪蚱蜢舟现在也还有，主要是工人用来清扫婺江中垃圾和杂物的。

## 48

在中国，两个地方有"施光南音乐广场"，一个在重庆南岸区，一个在金华金东区。

施光南出生在重庆南岸区，"光南"这个名字，据说就与南岸区有关，所以，南岸区理所当然要设施光南音乐广场。

施光南是金华金东区源东乡人，还在源东读过小学，金东区设音乐广场更是当仁不让。

施光南5岁开始上小学读书。一年级的一次音乐课上，老师教唱《两只老虎》，同学们都跟着老师唱，只有施光南凝思默想，突然引吭高歌："肚子饿了，肚子饿了，要吃饭，要吃饭；吃饭没有小菜，吃饭没有小菜，鸡蛋汤，鸡蛋汤。"同学们听了乐得大笑，施光南却受到老师的责罚。

哈哈，这大概就是音乐天才施光南的第一首作品了。

## 49

"撤区扩镇"前,金华有个孝顺区,源东乡属孝顺区。

1919年,源东人施存统在浙江省立第一师范学校读书。这个从孝顺出来的年轻人,偏偏写了篇《非孝》,提出要用平等与互爱的家庭关系,取代封建盲从一味尽"孝",批判旧伦理,支持新道德。

《非孝》是施存统与封建主义的决裂之作。

文章在《浙江新潮》刊发,即引起轩然大波。舆论哗然,认为施存统是洪水猛兽,是孔夫子的叛徒。北洋政府通令全国禁止《浙江新潮》发行。《浙江新潮》因此停刊,施存统被迫离开学校,校长经亨颐被调离,并由此引发了轰动全国的"一师风潮"。

离开学校后,1920年5月,施存统参加了陈独秀在上海发起成立的马克思主义研究会和共产主义小组,参与了中国共产党党纲的讨论和修改,成了中共历史上最早的党员之一。1922年,还被选为共青团中央第一任书记。

施存统后改名施复亮,他的儿子便是音乐家施光南。

## 50

金华作家王晓明曾经写过这样一个故事。

20世纪60年代初,公安部门发现金兰水库一带有几个可疑分子,在各村转来转去。那时,阶级斗争这根弦绷得紧,经紧急调查,真相大白。原来这些人非同一般,是空政文工团的创作人员,其中,还有后来大名鼎鼎的阎肃。他们为了创作大型歌剧《江姐》,在全国各地搜集音乐素材。到金华,意外听到婺剧唱腔,仿佛打开一个宝盒,不由自主地跟着戏班子转,婺剧演到哪,他们就跟到哪。

后来,婺剧音乐元素果然被有机融入《江姐》一剧中,主题曲《红梅赞》脍炙人口,传遍大江南北。

浙江婺剧艺术研究院院长王晓平曾揶揄王晓明:"公安部门抓人这些细节恐怕是王作家编的吧?"不过,婺剧糅合昆腔、高腔、乱弹、徽戏、滩簧、时调六种声腔,健康淳朴,优美动听,确实包含了中国最优美的传统音乐元素。

## 51

婺剧折子戏《僧尼会》,讲述了年轻人逃离寺庙,向往自由,追求爱情的故事,剧情诙谐幽默,尤其小和尚歪嘴念经时,脖颈甩珠演得出神入化,老百姓百看不厌,赞不绝口。演小和尚的吴光煜一时风头无双,粉丝无数。他演到八十多岁还是那么灵动,只要一出场,仍然得到满堂喝彩。

《僧尼会》这个名字太文绉绉,老百姓可不这样叫,他们要么叫《小和尚下山》,要么叫《小尼姑下山》,有点随心所欲。

婺城区苏孟乡与安地镇交界处有座叫四顾屏的山峰,当地人说四顾屏山就是《僧尼会》故事的发源地,因为四顾屏山山顶有和尚庙,山腰有尼姑庵。有庙有庵,当然就有和尚、尼姑,发生故事的要素齐了,发源地自然当仁不让。

但婺城区罗埠镇有座雌雄山，也说是《僧尼会》故事起源地。武义县茭道乡，也说他们那边才是《僧尼会》故事的发源地。大家争得好不热闹，说明这是个好 IP。

婺剧折子戏《僧尼会》片段

## 52

婺剧文戏武做，最典型的要数《断桥》。

许仙十三跌，让观众看得步步惊心。小青蛇步步追杀，奇恨奇美交加。爱情戏中包含高超武功，果然不同凡响。

据说周恩来总理看过后，大为赞赏，还请十八位演职员到家做客。有诗人赞曰："檀板新声上碧霄，婺州儿女最妖娆。怀仁堂里曾亲许，此是天下第一桥。"

2016年央视举办元旦戏曲晚会，选中婺剧和川剧，要求同台演《断桥》，两剧种合演七分钟，结果联排之后，果断舍弃川剧，七分钟都给了婺剧《断桥》。

演出当晚，反响热烈。

同年，婺剧还上了央视春晚舞台。

## 53

在金华，有三位婺剧演员得过中国戏剧界最高荣誉"梅花奖"。

其中陈美兰连拿两届"梅花奖"，人称"二度梅"，是绝对的婺剧第一招牌。

更牛的是，经选举，她被选为中国共产党十六大和十八大两届党代表，参与了两届中央领导人选举。

## 54

浙江婺剧艺术研究院（即浙江婺剧团，下文简称浙婺），近十年来常受文化部和浙江省委、省政府委派出国进行文化交流和商演，每年都有好几次，足迹已经遍布五大洲近五十个国家。

大家好奇：老外听得懂婺剧吗？

对于来自东方古老的唱腔，外国人虽然听不懂，但因为有字幕和故事介绍,并不影响欣赏,赢得的掌声和喝彩声不亚于在国内演出。还有老外喜欢看的舞龙、拉线狮子、变脸、戏曲武功等节目,浙婺也是得心应手,常常有老外追着演员拍合影。

浙婺如果到东南亚以及港澳台等国家或地区演出,更是受欢迎。演出结束时,总有戏迷请演员吃夜宵。还有戏迷天天都会来看戏捧场,甚至漂洋过海赶到金华看戏。这种情景,在当下许多地方剧种生存困难的情况下,已经不多见了。

## 55

有位开发房地产的女老板,偶然间看到自己相熟的一位上海朋友出书,连忙到书店买了一些回来,送给亲朋好友,说是要用实际行动支持一下文化人。

过了一段时间,这本书居然得了茅盾文学奖。原来,女老板的上海朋友叫金宇澄,写的书叫《繁花》。

我家那本《繁花》,就是她送的。

获奖消息传来,亲朋好友都笑称,女老板眼光厉害,拍地卖房步步踩准节奏,还助推了一部茅盾文学奖作品。

## 56

金华人,天生有革命细胞。

中国最早的共产主义组织中,金华人占了相当比例。

1920 年四五月间,陈独秀在上海成立马克思主义研究会,成员有陈独秀、施存统、俞秀松、李汉俊、沈玄庐、陈望道等。其中，施存统、陈望道两位是金华人。陈独秀以这个研究社为基础，成立第一个共产主义小组，是中国共产党首个早期组织。施存统也是共产主义小组创始成员之一。

马克思主义研究会成员中，有不少人因为各种原因，在1949年10月1日之前离开人世。

而两位金华人施存统、陈望道，看到了中国共产党取得的最终胜利。中华人民共和国成立后，施存统曾任劳动部副部长、民主建国会副主任委员、全国政协常委、全国人大常委会常委等。陈望道则担任过复旦大学校长、民盟中央副主席、全国政协常委、全国人大常委会常委等。

## 57

杭嘉湖一带，"乾隆皇帝游江南"的民间故事最流行。

乾隆没来过金华，在金华，民间最流行的是洪武皇帝朱元璋的故事。

元朝最后一个皇帝元顺帝至正十八年（1358），朱元璋率兵攻下婺州（即金华），并把婺州改名为"宁越"。正史记载，朱元璋在金华指挥红巾军与元军抢地盘，但最主要工作还是招徕知识分子。他在金华召集当地儒士，每日令两人为他轮流讲读经史，同时，延揽到名士宋濂出山办学任五经师，宋濂后来终成大明开国文臣之首。

浙江一带的知识分子显然被朱元璋打动了，朱元璋离开金华回南京后不久,他的手下又延揽到刘伯温等人。

正是刘伯温、宋濂、章溢、叶琛这些浙江文士,与朱元璋老家的"淮西武将",共同构成朱元璋左膀右臂,朱元璋的霸业因此而如虎添翼,蒸蒸日上。

## 58

正史对朱元璋在金华这大半年着墨零零碎碎,并不多,留下太多空间,民间故事自然就会来填充。"洪武皇帝在金华",是民间故事中的大 IP。

乾隆给杭州留下龙井茶故事,洪武皇帝则给金华留下了举岩茶的故事。

朱元璋曾驻兵北山,还题留《牧羊儿土鼓》诗一首:"群羊朝牧遍山坡,松下常吟乐道歌。土鼓抱时山鬼听,石泉濯处涧鸥和。金华谁识仙机密,兰渚何知道术多。岁久市中终得信,叱羊洞口白云过。"

在北山鹿田村,大将胡大海与常遇春争先锋,互不服气,两人各举一块巨石比力量,被朱元璋喝止。两人同时扔下巨石,巨石顶部互抵,搭成三角形。人们称这两块石头为"举岩比武石"。现在的鹿田村中,还有这样两块石头。

举岩石边的山坡上,生长着一片茂密的茶园,这里出产的茶叶人称"举眼茶"。当时,红巾军有些将士眼睛受感染红肿,村民告诉他们,用这些茶叶浸泡之水洗眼,眼疾便除。红巾军一试,茶叶水如碧乳,治眼果然有效。后因"岩""眼"谐音,改称"举岩茶"。现在小山坡还在,山上还是一片茂密的茶园。

史书记载，明朝开始，举岩茶被朝廷定为贡茶。

这故事虚实结合，不由人不信。

举岩比武

59

"金华宁"叫"蜘蛛"为"蟢"或"八脚蟢"，叫"蜘蛛网"为"蟢丝网"，民间故事说，这事又与朱元璋有关。

朱元璋与元军大战兵败，被元军追赶，逃进金华山一个山洞。

山洞口比较醒目，很容易被发现，但此时朱元璋已无力再跑。无意中，朱元璋看到了岩壁上的一只蜘蛛，灵机一动，向蜘蛛发话："我朱元璋如果命不该绝，请你立马在洞口布满丝网，解我危难。如我得了天下，封你为吉物。"

奇迹在朱元璋的眼前发生了，那只蜘蛛爬到洞口，弹指一挥间，洞口布满了丝网。恰在此时，元军的追兵到了洞口。一个追兵说，朱元璋很可能就在洞内。另一个追兵骂他笨蛋，说洞口布满丝网，朱元璋如果钻进里面，丝网岂有不破之理？

后来，朱元璋成了洪武皇帝，果然改金华的蜘蛛为"蟢"，蜘蛛成了喜物、吉物。

金华谚语说，"皇帝开金口"，必须灵验。

## 60

古时夜里分"五更"：一更约 19 点至 21 点；二更约 21 点至 23 点；三更约 23 点至次日凌晨 1 点；四更约凌晨 1 点至 3 点；五更约凌晨 3 点至 5 点。

金华话称早晨是"五更头"，把"吃早饭"叫作"吃五更饭"，或者说是"吃早五更"。看来，以前的金华人，早上四五点钟，就得起床做早饭了。

印象中，以前农村农忙时，特别是抢收抢种的季节，必须起早。最好趁太阳没出，就把农活干完。那时金华人早上起得好早，"五更饭"倒也名副其实。

金华民歌《斫柴歌》这样描述："爬起五更头,拖双破鞋头;走到锅灶头,吃碗冷饭头;走到扶梯头,背起柴铳头;走到青龙头,挑起两捆头;一路挑至下桥头,卖了铜钱两块头;只买半个猪娘头,驮回家里焐得熟溜溜;大儿小囡一阵头,一家大小吃吃还不够,凄凄凉凉眼泪流。"

现在早起的人不多了,但说话不讲究,早上 10 点钟起床吃饭,还是说"吃五更饭"。

## 61

"金华宁"不喜欢空谈。

因为金华话称"讲话"为"讲水话",讲话中听,称之为"会讲水话",说话难听,称之为"弗讲水话"。如果某人挺能说,滔滔不绝,称之为"水话经老多多"。

不过,这里有些争议,有人说,不是"讲水话",而是"讲叙话"。这也有点道理,但"水话经"比"叙话经"更贴切。

水话的出处,可以从各乡镇遍布的茶馆寻得。在茶馆的人们无所事事,泡好一杯茶,喝喝茶,抽抽烟,坐半天,天南海北聊个不停,这不就是水话吗?

一次,在加拿大遇见几个金华人,他们说,金华方言中最美的一句就是"水话经"了。他们这里(加拿大)有一群金华老乡,经常聚一起喝喝咖啡喝喝茶,讲讲"水话经",以慰思乡之情。

## 62

金华人自古就讲交通规则,过去道路狭窄,面对面走时需让路,金华民间就有《让路歌》,好像红绿灯,指导各色人等行路:

> 空手让挑担,轻担让重担;
>
> 重担让大担,大担让扛箱;
>
> 扛箱让官府,官府让新妇;
>
> 新妇让大肚。

对比一路警灯鸣号,《让路歌》显得蛮人性化的。不干活的,给干活的让路,干轻活的给干重活的让路,苦力给官老爷让路,官老爷给办喜事的让路,办喜事的给怀孕的让路。

## 63

金华人日常生活和工作都离不开"花头"。

比如生活中的"花头":王大嫂和李大嫂,约好第二天一早去逛商场,可第二天王大嫂在电话里说:"不去了,上午要在家里搞卫生,要拖地板、洗衣裳……"李大嫂说:"你原来是要躲在家里'生'花头啊。"

再说李大嫂,迎面碰上已经逛完商场的刘阿姨,就问她商场有啥光景,刘阿姨忙说:"商场花头危险多(很多),吃的、穿的、看的,花头多蛮多蛮啦!"

别了刘阿姨,李大嫂一会儿要找老同学,一会儿又说到幼儿园看小孙子,烦得老公直骂:"你这个人花头经太浪了!"

两人又说起刚才刘阿姨的儿子。李大嫂说："她儿子从学校出来后，样样都会来，搓麻将、打牌、上网聊天、玩游戏，花头透来。"老公说："这么贪玩，年纪大来恐怕也没啥花头。"

再举一工作中的"花头"：2012 年 2 月 7 日，是公安部发出对刘维宁 A 级通缉令的第五天——刘维宁涉嫌非法套取银行汇票四点三亿元。

当日下午，金华出租车司机吴师傅驾驶的出租车缓缓驶入市公安局出租车管理大队火车西站登记服务站。执勤民警上前展开例检。只见出租车上坐着一个平头中年男子。

民警将"平头男"请进了出租车管理站，并仔细检查了其随身携带的皮包，发现包内有二十多万现金。当被问到这么多钱的来路时，"平头男"闪烁其词，大冷天的额头上全是汗，民警从其包内查到一张名字为"刘维宁"的身份证，感觉这个名字很耳熟，于是叫同事拿去网上比对。

过了一会儿，同事拿着身份证回来了。他朝民警使了个暗号，用方言轻轻讲了句"有花头，拿下他"，管理站的民警、协警马上一拥而上，将"平头男"控制。经再度核对，确认"平头男"系公安部 A 级逃犯刘维宁。

好神奇的"花头"！

## 64

70 多岁，还能在全国人民见证下，穿上国家队队服吗？

金华的"篮球奶奶"做到了。

这位"篮球奶奶"叫朱淑媚。她只有一米五高,背微驼,已经80岁了。从50岁左右开始,她几乎天天到浙师大篮球场打球,学生喊她"篮球奶奶"。

没人围观时,她投篮比较准,有人关注时,却老投不进,使她有些尴尬。

虽然生活不是很如意,身体有恙,甚至刚开始没有养老金,朱淑媚还是喜欢天天打一会儿球。只要能站在球场投篮,便是最开心的。

她的乐观和坚持感动世人,美国《时代周刊》称,她比姚明、林书豪等更像一个传奇。她还获得了2012年度"CCTV体坛风云人物"的一个提名奖,并在颁奖典礼上接受了姚明赠送给她的篮球,穿上了国家队队服。

## 65

金华斗牛,在过去与金华火腿一样有名,号称"东方一绝"。

斗牛要选择低洼水田,两牛四目怒视,夹着尾巴低着头,奋力相斗,牛角碰撞发出刮擦声。狭路相逢勇者胜,在观众的欢呼声中,斗输的牛败下阵,落荒而逃。胜者披红挂绿巡游,败者难逃被宰杀的命运,甚有意思。

西班牙斗牛是人与牛斗,人折磨牛,很不人道。

"金华宁"自豪的是,金华斗牛是牛与牛斗,文明多了。

不料,境外那些动物保护组织既反对西班牙斗牛,也没放过金华斗牛,通过种种渠道,时不时发声抗议。

所以,官方不组织斗牛活动,当然,也不会反对斗牛,金华斗牛入选了省级"非遗"项目。

老外多管闲事,管得走火入魔了。老百姓不睬他们,民间照样常常组织斗牛,自得其乐。

当然,声势造不大了。否则,那啥组织又会来聒噪。

## 66

准备斗牛时,发起者或参与者会在乡村中挑选牛,选中后交易不能称"买卖",而是双方"认牛亲"。

养牛者是"牛大舅",挑选者是"牛亲家"。这种关系,有时比一般的儿女亲家关系还要亲密。

从此,"牛亲家"负责养牛的全部费用,要改造牛棚,确保冬暖夏凉;还要给牛开小灶,不喂草料,改吃米麦,还要给牛吃鸡蛋、喝酒、喝人参汤。这能使选中的黄牯牛壮实、力大,再加以训练,使之更凶猛。

养牛百日,用在一时,必须下血本。

在金华街头,听见两人互称"亲家""大舅"啥的,有可能是儿女亲家,也有可能是斗牛亲家。

## 67

金华道情,属单口坐式说唱艺术。"金华宁"称之为"节节棒",既可讲故事,又能唱新闻。金华电视台有一档节目就叫《新闻节节棒》。

道情演唱者右手击渔鼓,左手打简板,发出"节棒,节棒,节节棒"

音律，唱词基本是七字句，曲调简单，活泼自由，高手可以临场发挥，遇景而咏。

由于道情采用金华各地方言，夹杂民谚俚语和韵文对白，语言比婺剧还接地气，百姓喜闻乐见。

金华草根作家章竹林回忆，他特别喜欢坐在茶馆听农民聊天。有一年，他在罗埠的茶馆喝茶，听到有人讲村里面有一户人家，种蘑菇种不好，说如果这时候区里或市里面的农技站，有个技术员来辅导就好了。章竹林听到后，觉得这是群众对政府、对科技部门的诉求，应该去反映一下，就写了一首道情《借姐夫》，将妹妹进城"借"农技员姐夫的事情写得妙趣横生："太阳照进东山坞，山里走出丁巧姑，坐上汽车嘟嘟嘟，来到城里借姐夫。姐姐一听气呼呼，骂声妹妹'两百五'，天下只有借钱借物借衣裤，借吃借住借床铺，借酒壶，借茶壶，借油借盐借酱醋，借七借八都好借，哪有妹妹借姐夫。妹妹听了嘴巴嘟，姐姐真是大老粗，其他东西都好借，借借姐夫也不会犯错误，我们是嫡嫡亲亲的亲姐妹，特殊情况要照顾，还请姐姐不要小气，我有借有还不会把姐夫来贪污。"就这么几句话，被章竹林编成道情后，唱到哪里笑到哪里。

## 68

金华有几所小学，学校不大，口气不小。

金华北苑小学的励志口号是："现在读北小，长大上北大。"

还有一所金华站前小学，励志口号是："走好每一步，站到最前列。"

## 69

金华土话属于吴语范畴,单音词比较多,像古汉语一样,显得言简意赅,但北方人要理解比较难。

有个外地人问金华人:"金华话父亲怎么说?"答:"呀。"

他重复问:"父亲怎么说?"答:"呀。"

他有些怀疑,问:"儿子怎么说?"答:"嗯。"

他无奈地又问:"那鞋子怎么说?"答:"啊。"

他奇怪地问:"鸡蛋怎么说?"答:"楞。"

他又问:"那鸭子怎么说?"答:"哇。"

他又重复:"鸭子到底怎么说?"答:"哇。"

他同情地看着金华人说:"多好的一个人,可惜是个哑巴。"

"鸭子怎么说?""哇。"

## 70

以前说"民不与官斗",现在可能要改为"人不与网络斗"了。

一个有着几百年历史的金华人的节日,居然被来自网络虚拟空间的力量"扼杀"了。

金华乾西湖头镇每逢农历九月二十一,家家户户杀狗烹煮,周边乡邻蜂拥而至。"金华宁"相信,狗肉进补,并能治疗胃病。

秋风起,狗肉香,每年一度的"狗肉节"已有六百多年历史。传说当年朱元璋手下大将胡大海发兵攻打婺州城,却数晚突袭而未果。后经多次探报,始知驻营的婺城乾西一带家狗甚多,大军每有行动,犬吠之声早就传入守军耳中,使得攻城变得异常艰难。要攻城,先屠狗,胡大海巧施妙计,众狗尽数被杀,城池也一举而破。翌日,朱元璋在乾西设宴庆功,狗肉之香三日不绝。

爱狗人士先在网络上发文《触目惊心的湖头狗肉节》,文字配上血淋淋的屠狗画面,惨不忍睹。然后各地爱狗人士联动,谴责不停,热度不断上涨。

第二波网络行动是发布《取缔浙江金华狗肉节 "拯救浙江"社会倡议书》,半天内转发量超过 4 万。

同时,各地动物保护组织人员或上门或来电对镇里施加压力。正巧,镇里领导班子换人,新领导马上开会研究,宣布取消传统的"狗肉节"。

爱狗人士动动键盘,没想到真就把有六百年历史的狗肉节给闹黄了。

第二天，当地一家媒体发消息《网络民意推动党委政府决定，金华叫停湖头狗肉节》。


## 71

外地女同胞来到金华，都会对一个地方感兴趣：金华工商城碎布市场。

碎布市场，金华人也称"零头布市场"，几乎与义乌小商品市场同时起步，开始时主要商品是进口碎布，现在"鸟枪换炮"，号称全国最大进口化纤布市场。

市场对付爱美女人的必杀技，不仅是繁多的进口布料花色品种，也不仅是价格实惠，还有与碎布市场相生相伴的，现场缝纫加工一条龙服务。

现场挑选布料，现场挑选款式，现场量体裁衣，现场缝纫踩边，立马可穿，如有不合意，立马可改。

当场做出来的服装，比起各大商场销售的品牌服装毫不逊色，顾客还能按自己的喜好做个性化修改，没什么好说的，买、买、买！


## 72

20 世纪 80 年代，金华出版《三月》文学杂志，在全国颇有影响力。《三月》正式走上全国发行的路子，是在 1984 年。杂志名字是主编取的，因为当时已经有了名刊《十月》，主编余子力曾犹豫我们的杂志究竟是叫《三月》好还是《五月》好？后因李白有一句"烟花三月下扬州"，最后就定了《三月》。因为,《三月》成就了文艺的春天。

《三月》率先在全国打出"微型小说"的概念。发行量最高时达五六万册。《三月》不仅培养了一批金华作者,也壮大了全国微型小说作家队伍,在全国获得了很大影响力。《三月》停刊后,"微型小说"这种文学形式为郑州的《小小说选刊》所重用,使金华失去了一块文学招牌。

20世纪80年代末期,因为一纸文件,地方性文学刊物一应取消。《三月》和温州的《文学青年》一样,不再允许发行。

至今的金华文坛,无出其右者。

## 73

金华市区把鸡蛋叫"鸡卵",其他县市一般叫"鸡子"。

蛋清叫"卵白",蛋黄叫"卵黄",鸡蛋糕叫"鸡卵糕"。

只有鸡蛋饺特殊,金华人叫"蛋饺"而不叫"卵饺"。

从文献记载看,古时,把鸡蛋叫"鸡卵""鸡子"较多,明清以后,"鸡蛋"叫法才逐渐占上风。顺理成章,鸭蛋就是"鸭卵"。咸鸭蛋叫"腌鸭卵"。

金华人喜欢养鸡,吃鸡。称公鸡为"雄鸡",母鸡为"草鸡"。旧时,嫌鸭叫"嘎嘎"之声不祥,养之不能发家,又嫌鸭子捕食小鱼、螺等物,残害生灵,养之碍生,故以前养鸭的极少,直到现在也不多,吃鸭的人也没吃鸡的多。

## 74

金华人可以把李清照的《题八咏楼》一诗当作金华的城市名片,但不会把艾青的诗歌《我爱这土地》当作城市名片。因为艾青这首诗属于中国,属于世界。

金华城有艾青小学、艾青中学、艾青纪念馆、艾青公园以及艾青文化公园。有些与艾青有关,有些没什么关系。

艾青就读过的金师附小,现在改名"艾青小学"。

艾青文化公园总体上分为中心广场和东、西两侧绿地三大部分。中心广场上大型雕塑《光的赞歌》由三十六根一点二米见方的天然石柱按高度渐变排列组成,石柱最高达九点七米,它与同在一条轴线上的城防工程主题雕塑《礁石》融为一体,成为一件完整的艺术品。一束霞光穿过廊柱,仿佛若干音符在其中跳动。这组雕塑《光的赞歌》,与艾青的诗歌一样具有震撼力。

## 75

艾青从小由奶妈大堰河养大,他的诗歌处女作就是《大堰河——我的保姆》,发表后一炮打响,广为传诵。

大家都说,大堰河成了全国最知名保姆。

有个朋友办家政服务公司,当时就注册了"大堰河"商标,主营月嫂培训以及提供月嫂中介服务,生意十分红火。

第二年,国家工商部门就有了新规定,不允许用文艺作品中的人物做商标。

保姆大堰河

## 76

  艾青原来是学美术的,后来却转行写诗,成为著名的诗人。为此有人与他开玩笑:"你是母鸡,可是下的是鸭蛋。"艾青风趣地说:"不管鸡蛋、鸭蛋,总还是蛋,它们之间总含有共同的物质——蛋白质,即使含量不同,都同样具有营养嘛。"

  艾青的美术功底不错,参与了中华人民共和国国旗的设计。

  艾青故居中有两张展出的图片让人驻足许久,这是 1949 年艾青参与设计和绘制的两幅国旗征集图,其中一幅是复字十九号,一幅是复字二十一号。

复字二十一号就是由艾青亲自设计的。

原来,共和国诞生前,艾青被选为全国政协候补委员,并和徐悲鸿、梁思成一起被聘为国旗、国徽图案评选委员会顾问。在国旗正式定稿前的这段时间内,艾青参加了大会的筹备工作,参与了国旗图案的征集、讨论、评选、定稿的全部工作,从中获得了许许多多最真切的感受和体验。

为此艾青还在 1949 年 9 月 27 日这天专门写过一首题为《国旗》的诗。诗中写道:

我们爱五星红旗/像爱自己的心/没有了心/就没有了生命

我们守卫它/它是我们的尊严/我们跟随它/它引我们前进

## 77

艾青原名蒋海澄,后来为何改作艾青,有两说。

他在 1933 年写了《大堰河——我的保姆》,在署作者名字时,他将蒋字的草字头写下后就停了笔,他想起蒋介石背叛革命,共产党人血流成河,自己也曾身陷国民党监狱受尽苦难,他由于憎恨蒋介石,便信手在"艹"字头下面打了个"×",这恰好是一个"艾"字,于是便以"艾"为姓。又因为艾青原来名叫蒋海澄,"海澄"的"澄"意为"清",谐音"青",于是艾青就这样成了他的笔名。之后"艾青"这个名字便轰动全国,家喻户晓。

还有一个说法,艾青毕业于杭州的国立艺术院绘画系,之后又去法国巴黎学绘画。1931年,"九一八"事变爆发时,艾青正在法国留学。他同许多留法的中国青年,在巴黎遭到歧视和侮辱。一天,艾青到一家旅馆住宿登记时,旅馆人员问他的姓名,艾青说叫蒋海澄,对方误听为"蒋介石",便马上嚷嚷开了。艾青不愿与蒋介石为伍,耻于姓名与其读音相近,就在"蒋"的草字头下面打了一个"×",又取"澄"的家乡口语"清"的谐音"青",在住宿登记时填上"艾青"。此后,这名字就沿用了下来。

## 78

金华职业技术学院为国家示范性高职院校,学校大门口居然摆了个真正的蒸汽火车头,弄得好像这个学校专门培养火车司机一样。路人和学生恐怕都好奇,这个庞然大物,他们是怎么搞进去的。

真正培养火车司机的,是金华铁路司机学校,这所学校现已被并入浙江师范大学。而在浙师大的校门口,没有火车头,摆的是一座孔子雕塑,但他们直到现在,还有交通运输专业,培养的学生中,有当动车司机和地铁司机的。

## 79

"长命百岁"是一句很好的祝福辞,但"金华宁"一般只用在孩子身上。

我家族中有一奶奶,90岁以后,许多人见到她,都会衷心祝福她"长命百岁",她听到后不开心。后来,人们学乖了,祝福她"活到120岁",她才露出满意的笑容。

奶奶后来活到 104 岁。"长命百岁"果然对她不适用。

后来看到一则八卦新闻,曾出演杨过的黄晓明,祝福 92 岁的金庸"长命百岁",不知真假。由此看来,黄晓明的礼仪课肯定不是"金华宁"教的。

## 80

普通话推广前,金华人分手不说"再见",而说"快慢"。譬如,两人见面后,分别时,互相说"侬(你)快慢哇"。

"快慢"有两种解释。一是快慢随意,你有急事,便走快点;没啥事,就慢慢走。有位外地朋友听了这个解释,说,"金华宁"太狡猾了。

这是金华土辩证法好弗了("好弗了"意为金华话"好不好")。

另一个说法是取意"宽慢",即"宽心慢走"之意。

## 81

有个数据会让人大跌眼镜。

金华存贷款余额最多的金融单位,不是建着高楼大厦的四大国有银行或其他股份制银行,而是相对低调的农村信用合作社(农村商业银行)。

因为金华地区国有企业少,而农村信用合作社主要扎根乡镇,面广点多,经营灵活,天天与农民及小企业打交道。

处理钱财,看来还是熟悉之人靠得住。

## 82

金华有"鬼市"。

所谓"鬼市"，即夜间集市，过去至晓而散。如清朝末年，北京"鬼市"极盛，一些皇室贵族的纨绔子弟，将家藏古玩珍宝偷出换钱；一些鸡鸣狗盗之徒也将从古墓中盗来之物趁天黑卖出，古玩行家经常捡漏买些便宜货。

现在"鬼市"当然不许搞违法之事，而且也不必日出前散市。

金华古子城八咏路一带，有古玩市场。每个周日凌晨，天尚未亮，八咏楼下狭窄悠长的八咏路就已经熙熙攘攘，热闹劲一直延续到下午。古玩市场买卖双方就是"两多一少"：互相探讨研究的多，讨价还价的多，真正下手的少。卖方也不着急，只要有好东西，"三年不开张，开张吃三年"。

本地以及附近县市藏友常来此捡漏，来迟了，好东西就被别人捡走了。强光手电、放大镜甚至显微镜都是必备品。真正有眼力的，只要运气好，还是能在"鬼市"上淘到宝贝的。

陶瓷类金华人喜欢青瓷较多，当然还有婺州窑的产品。

玉器有古玉、新玉，但正宗和田玉难觅。前几年，兰溪人在市场上掀起一阵"金华黄龙玉"旋风，居然刮了好几年才慢慢熄火。

由于开市与杭州周六的集市错开，古子城八咏路卖货的赶场子的比较多，尤以江西人和河南人为多。不刮风下雨的天，他们喜欢在路边摆摊，碰上下雨，只得进市场二楼大厅摆摊。不管在大厅还是路边，管理人员都要来收费。

　　古玩集市从过去的周日,发展到现在的周六、周日两天。但这两天的热闹劲一过,平常日子,整条八咏路都没什么人,也成了另外一种意义上的"鬼市"。

从前金华古子城的"鬼市"

## 83

　　理论家说,"劳动产生艺术"。

　　金华人深谙其道,劳动时既创造艺术,又享受艺术。边干活,边唱歌,不亦乐乎。

旧时水利条件差,遇到晴旱天气要靠水车车水灌溉。距水源较远的田块要以几部甚至几十部水车联合运水,也叫"打长车"。这时,车水农民便会唱《车水点数歌》:

正月梅花啰一匝车,梅花开过两樱桃。

樱桃过啰桃花开,桃花过喔四枇杷。

枇杷过啰五榴花,榴花过喔荷花开。

荷花开过七秋凉,秋凉过喔桂花香。

桂花香过九重阳,重阳过啰一十匝车。

农民车水时唱歌计数,满数后换人,歇力休息。"十匝"以后,按此反复接唱下去。

很明显,《车水点数歌》因为点数而产生,在完成点数功能之余,也娱乐了农民。

金华农民插秧有《插秧歌》,砍柴有《斫柴歌》,放牛有《看牛歌》,摘茶叶有《采茶歌》,民间艺术丰富多彩,表现了金华农民的勤劳、乐观。

## 84

多数金华人都不知道,金华曾经有过一所赫赫有名的英士大学。

侵华日军 1937 年占领杭州,1938 年 11 月,时任国民政府浙江省主席的黄绍竑领导筹办英士大学,初名为"浙江省立战时大学"。1939 年 5 月,为纪念浙江籍辛亥革命先驱者陈英士,改称"浙江省立英士大学",校徽图案便是陈英士横刀立马的英姿。

1939 年 10 月,英士大学在丽水正式开学,分校本部、工学院、医学院、农学院。1942 年，日军发动浙赣战役，自金华沿线南进，逼近丽水。英士大学被迫迁移，1942 年 5 月内迁云和、泰顺，12 月经国民政府行政院决议，东南联大的部分院系并入英士大学，并改为"国立英士大学"。1945 年 11 月学校迁至温州永嘉，1946 年 3 月奉令移址金华，并将金华作为永久固定校址。

曾任浙江师范大学校长的蒋风，就是当年英士大学的毕业生，他对英士大学流浪办学记忆深刻。蒋风说，在英士大学这四年，他随学校搬了三次，在四个地方念过书，大一在云和，大二在泰顺，大三在温州，大四在金华。

可以这么说，迄今为止，英士大学是金华历史上存在过的唯一一所现代国立大学。它在金华存在了四年多时间。在中华人民共和国成立前，全国只有三十多所国立大学，英士大学就占据一席之地。当年，它与浙江大学齐名，是浙江省仅有的两所国立大学之一，它曾让民国时期的金华教育走在全国前列。

1950 年，英士大学被裁撤，部分并入复旦大学，部分并入浙江大学。

到目前为止，浙江省也只有浙大一所入选"211 工程"的大学，惜哉。

## 85

小孩长到一周岁，讲究的人家就要搞"抓周"。

过去，民间抓周一般是"四大件"：书（印章、官帽、官袍）、小农具模型（也有的是扫帚）、尺子或扇子、算盘，分别对应士、农、工、商。在以前,中国是一个重农轻商的国度,士农工商四大行业,商被排在了最后。

"金华宁"当然与时俱进,现在抓周时,摆放的物件花样十足。除了传统物件,还有鼠标、汽车、麦克风、钢琴模型、足球、航天飞机模型等,应有尽有,还发给抓周证书,待孩子长大后给他自己看。

抓周主要是对生命延续顺利和兴旺的祝愿,关键在怎么解。如果小孩先抓了印章,则谓长大以后官运亨通;如果先抓了文具,则谓长大以后好学,写一笔锦绣文章,能考上 211 或 985 大学;如是小孩先抓算盘,则谓将来长大后善于理财,考个国际注册会计师啥的不在话下;如是女孩先抓剪、尺之类的缝纫用具或铲子、勺子之类的炊事用具,则谓长大出得厅堂,入得厨房;即使小孩先抓了吃食、玩具,也不能就斥之为"好吃""贪玩",要说成"孩子长大之后,必有口福,福大命大"。

总之,长辈们对小孩的前途寄予厚望,在一周岁之际,祝愿孩子一切皆有可能。

## 86

金华人玩泥巴,玩得早,玩得溜,属中国陶瓷最早的玩家之一。

近年来,浦江上山遗址和永康都发现了夹碳陶器,距今都已有万年以上。这说明在万年前,婺州范围内就出现了制陶工艺。到了汉朝,婺州窑已能烧制成熟青瓷。婺州窑盛于唐宋,终于元明。婺州窑瓷器以青瓷为主,还烧黑、褐、花釉以及乳浊釉和彩绘瓷。

婺州窑当年有多牛?"金华宁"谦虚地说:一般一般,天下第三。

唐代茶圣陆羽在《茶经》里写道："碗，越州上，鼎州次，婺州次，岳州次……"陆羽说的是瓷碗的品质。就泡茶品茶而言，他将婺州窑生产的瓷器排在了第三位。

婺州窑还曾远销日韩。唐宋时期，大量婺州窑乳浊釉器从杭州出发，漂洋过海，如果顺利，七天便可到达日本。这种外销势头一直延续到了元代。1976年，考古工作者在韩国西南角的新安海域发掘了一艘元代沉船，打捞出一万多件中国陶瓷、漆器等文物，其中就有许多婺州窑产品。

蹊跷的是，这个曾经风靡全国的窑系在明代以后却销声匿迹了。

直到 21 世纪初，婺州窑才被重新挖掘和恢复，并发扬光大，成了国家级"非遗"。传承人陈新华烧制出了具有婺州窑早期风格的瓷品，瓷品器形古典，受到专家一致好评和收藏爱好者的追捧。

## 87

在"金华宁"的词典中，有个词叫"书糊"，意思是说"书读傻掉了"。

单位有个老夫子，书读得多，读得好，才高八斗。过去打长途电话要报姓名，老夫子名字中有个"麒麟"的"麟"字，他与总机解释"麟"字的由来，书袋掉一地，从中国古代有一种"四不像"动物开始说起，半天才说清楚。

老夫子对时尚事物一窍不通，也不关心。

一次，单位举办歌唱比赛，让老夫子登记报名人员及歌曲名称。

第一位报名人员填好名字，老夫子问："你比赛唱什么歌？"那人答：《昨晚下了一场雨》。"老夫子奇怪地说："昨晚没下雨。"弄半天他才明白《昨晚下了一场雨》是歌名。

第二位报名人填好名字，老夫子又问："你比赛唱什么歌？"答："《同一首歌》。"老夫子奇怪："怎么，你也唱《昨晚下了一场雨》？"

其实，似乎每个单位都有老夫子这样的人，完成本职工作，既认真又质量高，但工作之外，好像有点懵，也是大家的开心果。

## 88

过去只听说政府执法部门有"鉴黄师"这一职位，没想到，网络公司也有类似的岗位了。

金华有全国最早的直播互动网络平台，所以"直播内容审核员"队伍庞大，大家开玩笑称他们就是"鉴黄师"。

公安部门招聘"鉴黄师"的硬门槛是已婚（且多为女性），但在互联网直播平台公司，是否已婚不是筛选内容审核员的硬性条件。直播平台的审核员团队中大部分成员都在20—30岁的年龄区间，大多未婚，且以男性为主。

目前，这些团队还是长期处于缺人状态。而内容审核员流失率居高不下，这几乎是直播平台的共同问题。

对于这个职业，审核员们比较一致的看法是：很枯燥，有点寂寞，需要很多的责任感。只要你敢秀都可以当主播，却不是谁都能当审核员的。

"偶尔会被朋友调侃，让我'小短片发一条看看'。"有位审核员忍不住说，"我看到网上有些报道说'鉴黄师'在工作中会出现生理反应，我只能说他选错了行业。我们的工作说白了就像每部小黄片儿你总是只能看个开头，能有什么乐趣？"

89

金华是座丘陵城市。所以，过去金华的年轻人之间，常常有暗号，与丘陵有关。

"你哪来的？"

"我铁岭头的。"

"我芝麻山头的。"

"我高山头的。"

"我醋芳岭的。"

"我杨思岭的。"

一个山头就是代表一个片区，片区的人往往结成一帮，一致与外人竞争。年轻人面对面往往先报山头，确定"身份"，就像古代两军对垒，先报将名，不杀无名之将。

现在，市区里面的丘陵不断降坡，山头越来越少，小区越来越多，但小区内人们往往相见不相识，暗号逐渐消亡。

90

如何评价"会打架的男人"，金华的女人们往往看法截然不同，不分清楚后果很严重。

一次，为了孩子，一个男人与旁人动手打了一架。

男人妻子说"法治社会，有什么好打的，像个流氓"；男人的一个女同事，得知此事，却说"打得好，有男子汉气概"。

这男人是我的老相识，他风趣幽默，妻子肤白貌美、文文静静，但夫妻俩理念会有矛盾，比如打架这件事就是个案例。理念不同，说不上谁对谁错，最后平静分手。

说"打得好"的那个女同事，比男人的前任妻子小十来岁，也漂亮又能干，职业是律师，伶牙俐齿，见多识广。每次男人说什么，她皆能心领神会。两人遂越走越近，结成神仙伴侣，生活和事业蒸蒸日上。

大家开这个老公玩笑："打一场架居然换了一个老婆。"

## 91

金华人已经把爬山当作日常的健身休闲方式了。

本地人第一爱爬尖峰山，第二可能就是积道山了。

相传在盘古刚刚开天地的时候，人间洪水滔滔，泛滥成灾，地面水土大量流失，百姓颠沛流离，生活艰难。当时正好有位火神将军名叫祝融，顶天立地，力大无穷，与炎帝共同掌管南方土地。

为了阻拦日益壮大的洪水，祝融将军不停地四处寻觅大山，他心想着："我要找到足够大的山以一劳永逸。"一次，他去了很远很远的天边，寻到了两座大山，他刚刚开心地挑起山走出两步半，就听到"咔啦"一声巨响，地动山摇。原来，祝融将军挑山用的又长又大的扁担竟然断掉了，断掉的扁担与两座大山一齐重重地砸向人间，生生砸出了两条深沟,变成两条江——义乌江和武义江,一下子将洪水分流开去,竟然无意间解决了洪水灾难。那两座大山也因此落在江边,逐渐形成了如今的尖峰山和积道山。

这个神奇的传说,在当地人心中刻下了深深的印记。积道山一直是老人口中的仙山,它神奇的传说奠定了它神韵之山的地位,也让每位当地人心中都充满了对积道山的敬仰之情。

## 92

义乌已经是地球人都知道的商贸城市了。

风起于青　之末。1979 年,曾被视为"投机倒把""资本主义尾巴"的"鸡毛换糖"、摆地摊等行为,依旧没有完全放开。县委报道员杨守春却写了篇消息稿《"鸡毛换糖"的拨浪鼓又响了》,在文中给"鸡毛换糖"算了一笔账,认为这是有利于国家、有利于集体、有利于社员的好事。

文章在《浙江日报》刊发后,读者分成两派,有不少是参加过"鸡毛换糖"的义乌老乡,写感谢信给报社,说这是"为民请命"的公道文章;也有来自全省各地工商和供销等部门的批评信,严厉指责"用稿轻率""公开为投机倒把分子唱赞歌"等。

1982 年,谢高华担任义乌县委书记,也为"鸡毛换糖"正名。他说,"鸡毛换糖"不是我们义乌甩不掉的包袱,而是振兴义乌经济的一大优势。他经过调研后得出义乌只能通过小商品市场发展经济的结论,并顶着"走资本主义道路"的风险,率先宣布开放义乌小商品市场,并制定"允许农民经商，允许长途贩运，允许放开城乡市场，允许多渠道竞争"的政策，彻底激活了义乌市场经济的活力。从此，义乌开始崛起。

谢高华成为义乌老百姓永远铭记的一位县委书记。2017年，谢高华荣获"全国商品交易市场终身贡献奖"；2018年，我国改革开放40周年，党中央决定表彰一百名为改革开放做出杰出贡献的个人，谢高华名列其中。

义乌"鸡毛换糖"

## 93

金华举岩茶的"绿茶制作技艺",早在 2008 年就与西湖龙井茶的制作技艺同时被列入第二批国家级"非物质文化遗产"名录中。婺州举岩茶闻名于宋,兴盛于明,并被列为贡品,清道光年间仍保持芽茶、叶茶两个品种进贡,蛮靠得牢的(意即东西质量好)。

古代,大盘山、东白山的茶叶就有记载。现在武义、磐安也有名茶涌现。

"金华宁"因此嗜茶,天天捧个大茶缸子,早上起床就开始灌,晚上睡前还能喝一茶缸,既不怕睡不着,也不怕上厕所麻烦,美其名曰"佳茗如佳人"。

有位朋友出国公干,受不了国外喝凉水习惯,自带大茶缸,保证天天有茶喝。不料不小心把茶缸丢了,整个人就像丢了魂似的,啥也干不了。好不容易发现一家食品店里有玻璃瓶装的罐头,连忙买了罐头,把里面东西倒了,罐头瓶子成了他的临时茶缸,小是小了点,但毕竟解决了喝茶大事,整个人又"飞龙瓦跳"(金华话,形容人精神很好)了。

## 94

到楼下超市买皮蛋,老板领我去皮带柜。

解释半天,他才明白我要买的不是皮带,而是皮蛋。

老板自信满满,怨我口齿不清。

然后,我就问他:"你不是'金华宁'吧。是胡建(福建)还是福南(湖南)人?"

他很自豪地说:"我是胡建(福建)人。"

我晕,胡建(福建)人也敢与阿郎比普通话。

要晓得,阿郎金华是全国普通话推广先进城市。

## 95

金华老百姓特别会用形容词,用得很到位,一般人做不到。

例如描述红色,"晚霞一片红","金华宁"不会简单说"红"就了事,而是像个写文章的文人,会加形容词,"红"成了"绯红","晚霞一片绯红",仿佛只有这样才能更准确并充分地直抒胸臆;描述"绿","金华宁"一定会说"碧绿";描述"白","金华宁"就会说"雪白";描述"黑","金华宁"说"墨黑"。服了吧?

有时,为了强调重点,不少妇女同志还喜欢把形容词重复两遍成为叠音词,"绯红"成了"绯绯红","碧绿"成了"碧碧绿","雪白"成了"雪雪白","墨黑"成了"墨墨黑"。

听起来真是嗲嗲的。

## 96

在金华民间,流传着多种版本的各县"外号"说法。

其一是:"兰溪码头,东阳噱头,义乌拳头。"兰溪为三江汇流之处,故而以码头闻名。东阳以前穷得很,但出门前东阳人会把自己打扮得很得体,所以说是噱头好。

其二是:"兰溪埠头,萧山哺头,义乌拳头。"

其三是:"义乌拳头,东阳笔头,兰溪唬头,金华派头。"

其四是:"金华唬头,兰溪埠头,义乌拳头,东阳刀头,永康炉头,武义芋头。"

## 97

外号,指的是根据特征给别人取的非正式名字,含有亲昵或玩笑意味。

名字可能取错,外号肯定不会叫错。

金华对各县人的称呼五花八门、言简意赅,如"兰溪鬼""东阳蛮""义乌佬""武义侬""永康精"。

试着翻译如下。

"兰溪鬼":兰溪扼婺衢徽杭之冲,为古婺繁华之地,兰溪人久闯荡江湖,成了鬼灵精怪。

"东阳蛮":"蛮"通"梅",东阳人吃霉干菜打天下,兢兢业业,吃苦耐劳。

"义乌佬":义乌人"老三老四"(形容很有主见),东冲西撞,成功突围,终成大佬。

"武义侬":"侬"应该通"农",武义地广人稀,武义人老实本分,耐得住寂寞,农耕传家。

"永康精":"精"通"金",永康人以五金起家,精打细算,节俭传家。

## 98

金华市区的方言比较具有"吴侬软语"的特征，讲起来轻声细语的，而金华人的性格较为"甜"，民间有"金华甜头"一说。

兰溪方言同金华的方言差异不大，相互可以听懂，其性格也同金华人相仿，故民间也有"兰溪嗓头"一说。

义乌的方言生硬、急促、洪亮，义乌人的性格比较刚烈，民间有"义乌拳头"一说。

浦江方言同义乌方言接近，浦江人的性格也比较刚烈，民间有"浦江人韧"一说（韧，是说浦江人做事，只要认准了，就会想尽办法去做成）。

东阳方言比义乌方言要软，但比金华方言要硬一点，东阳人的性格总体上要比义乌人温和些。在义乌民间有"东阳主"一说（"主"在义乌方言中是"鬼"的意思，指东阳人不露声色，能够静下来，善于等待机会，利用机会，成就事业）。

永康方言也较生硬，永康人的性格有着不服他人的一面，对财富的追求比较执着。故民间有永康人"一个铜钿一个命"的说法。

武义话较永康话要软得多，武义人的性格也明显温和。

## 99

从语言学角度看，金华属吴语区。但"金华宁"讲方言土话还是蛮有自己腔调的，往往会在句子末加"哇"或"喂"这两个声音助词，加强气场。

好朋友见面,场景往往是这个样子的:

"哥弟(意为"兄弟"),请你看电影哇。"

"好的哇。"

"想去哪家电影院?"

"随便你哇。"

"看完去吃酒哇。"

"可以哇。"

"不醉不归哇。"

"那你老婆不要来骂的喂。"

## 100

外地人,特别是吴语区以外的人,不太听得懂金华话,金华土话因此屡建奇功,曾帮助警察轻松抓住犯罪嫌疑人。

有辆出租车,载两个客人赶往衢州。行至半路,司机接到也是开出租车的朋友的电话,聊起出租车管理处刚刚的通报,要求协查两个搞诈骗的犯罪嫌疑人,是西南那边人,并描述了两人的服饰特征。

生活远比小说更具戏剧性。

司机一听,和我车上两人特征不是一模一样嘛。他通过后视镜观察,发现那两人根本听不懂他的金华方言,没起疑心。他马上把情况告诉了朋友,朋友立即联系了警察。警察又打电话给这个司机,让他镇定,不露声色把车开进前方派出所。

结果，不费吹灰之力，警察一抓一个准。

## 101

普通话发音不是很标准，或把方言特有的词语未经翻译直接塞进普通话，这样"半土不洋"的普通话，"金华宁"称之为"三合土"，而且创造性地推断，"说了'三合土'，老天要下雨了"。

有一阵子，市区不知哪根筋搭牢（意为不知道怎么回事），人人追求喜剧效果，流行故意讲"三合土"。

金华"三合土"大致这个风格：

"这只鸡烧得很花（软酥）了喂。"

"叫你不要动，你还'夏季夏季'（动一下动一下）。"

"怎么样，我刚（讲）的普通话很标军（准）的。"

说的人一本正经，听的人笑痛肚子。

## 102

浙江师范大学于20世纪60年代从杭州搬迁到金华，成为金华的最高学府。

刚来时，称浙江师范学院，坐落于骆家塘和高村之间，周边都是黄土丘陵和农田。放牛的农民天天牵牛穿过学校，学校花钱砌的围墙，第二天就会被农民拆个大口子，牛羊照走不误，学生自嘲为"牛进（津）大学""早稻田大学"。

粉碎"四人帮"后,笔者也就读于浙江师范学院中文系,录取通知书上竟要求,每位学生需自带锄头报到。不过,实际上这把锄头一次也没用过。

现在,骆家塘和高村从农村变为城区,再也没人养牛了。

浙江师范学院也成了"高大上"的浙江师范大学,校舍"鸟枪换炮",变为现代化的大楼,周边丘陵农田都被学校征用,占地三千三百多亩,单体校园面积号称浙江省最大。

由于在省内排名常常在浙大和浙工大之后,所以小名称"小三"。

"牛进(津)大学"

## 103

当年的浙江师范学院,曾经"子孙满堂"。

"文革"结束,恢复高考,各地对高等院校的需求激增。除了原有大学,浙江各地区集中优势师资,纷纷组建自己地区的高等院校,进行扩招,但时间紧张、条件有限,一下又很难通过上头审批。不知谁出的主意,这些学校都可变通叫浙江师范学院某某分校,所以,浙江师范学院的分校全省到处都有。

除了"儿子",还有"孙子"。如金华地区,不仅成立浙江师范学院金华分校,下面还设立金华分校东阳教学点。

特殊时期的特殊手段,暂时缓解了"大学荒"问题,确实改变了不少人的命运。

那时没有品牌意识和维权意识,师院的名称使用费无处可收。

各地的分校后来陆续都改名了,单独或合并成立了当地的大学、学院或专科学校。如 1978 年 4 月成立的丽水分校,当年 12 月经国务院批准改为丽水师专,后并入丽水学院;宁波分校则成了宁波师范学院,后并入宁波大学,只有金华分校以及东阳教学点,最后真正并入浙江师范学院。

## 104

浙江师范大学的非洲研究做得不错,号称全国第一,援外培训工作也走在了全国前列。浙师大的校园民谣这样唱:"留学生,满街跑,十个洋妞七个黑两个灰,白人帅哥不吃香,黑人小伙才有前途。"

从 2002 年开始,浙师大就在中非合作论坛的框架下,积极承办教育部、商务部委托的人力资源开发项目。比如承办非洲法语国家大学校长研修班、非洲高等教育管理研修班、非洲法语国家中小学教师研修班等。

一不小心,浙师大培养出了一位非洲总统。

这位总统校友名叫图瓦德拉,是 2016 年通过选举当选的中非共和国总统。

2005 年 8 月,图瓦德拉进入浙师大非洲法语国家大学校长研修班,在金华学习生活了一个月。

浙师大学生现在可以牛哄哄地说:我的校友是总统!

## 105

招待贵客,金华农家风俗一般烧两个鸡蛋。

但新女婿或贵客上门,必定烧三个鸡蛋。鸡蛋放糖也行,放酱油也行,客随主便。这个待遇具有强烈的专属性,执行不容敷衍。

我有位朋友,刚结婚时陪新娘子拜访娘家亲戚,一天走了四家,共吃了十二个蛋。这还没完,十二个只是自己的份。新娘子要减肥,一个蛋也不碰,她也每家三个蛋呢,都要老公代劳。好家伙,这傻小子硬撑着,怕亲戚有意见,居然吃了二十四个蛋。据说,后来一段时间,他听到"鸡蛋"就反胃。

在义乌、东阳的一些地方,相亲时,如给客人吃的鸡蛋是带壳的,则暗示这次相亲不成功，是"完蛋"的意思。如果烧四个蛋，也表示对方对你不中意，十之八九没希望。

## 106

金华有些企业取的名称或自我介绍很有气势，动不动就是"华东汽摩配件中心""华东农产品中心"，或"华东第一牛市场""华东苗木批发部"等。搞不懂它们真的是华东六省一市老大，还是仅仅是坐落于金华城东面而已。

还有位写诗的朋友，莫名其妙当选第一届全国 UFO 协会理事。大家有点奇怪，他解释：开会做自我介绍时，说自己来自金华日报社，可能普通话不标准，其他人都听成"新华日报"，以为他来自一家国家级大报社，应该当理事。

后来，北京成立了一家《京华时报》，知名度挺高，但不时有外地人搞不清楚，把《金华日报》与《京华时报》混在一起。《京华时报》于 2017 年停刊，误会永久消除。

## 107

大年初一在金华，马路上、商店里、风景区还是冷冷清清，王牌公墓却是人山人海，挤都挤不进去，绝对是金华的独有情况。

中国人公认清明节为祭祖扫墓的日子，国家还有法定假日。浙江各地，祭祖时间主要在清明和冬至。而"金华宁"对祖先的崇拜和思念滔滔不绝，一年之中起码有三个祭祖扫墓的日子：清明节，冬至以及大年初一。

金华古语云："初一拜太公，初二拜外公。"意思即大年初一上坟扫墓，初二才可以出门走亲戚。

"金华宁"把祭祖扫墓叫"上坟"，过去，烧纸焚香放鞭炮，如果按老规矩，还要在坟前摆上白切肉、馒头、煎豆腐、酒等祭品，公墓一片乌烟瘴气，$PM_{2.5}$超标不知多少倍，农村山野的散坟常常因此闹火灾。

现在大年初一上坟，人还是那么多，交警堵上周边的二环路做临时停车场。但大家的观念改变了许多，烧香放炮的越来越少，不少人都只用鲜花祭奠。

万一有事赶不上年初一，没问题，"金华宁"说，前三后四都可以算作祭祖的日子。

## 108

冬至祭祖在金华是个大日子，是绝对不能忘的。虽然不一定会有猪肉、鸡肉等祭品，但是现在大多数人还是会带上菊花，去先祖坟上走一遭。

上坟时的祭祀食品有讲究，有四样是金华传统中必备的：小青菜、白切肉、豆腐、豆腐包。

小青菜要一整根；白切肉不要放酱油，是清清白白的意思；豆腐两面煎过，寓意红红火火；豆腐包因为和筛子颜色相同，代表丰收。

## 109

外国人报道中国春节禁忌时,说年初一不能扫地。

很多中国年轻人不信,说老外乱编,难道我们过的都是假春节?

金华的老规矩之中,就有这条:年初一不能扫地,因为这一天是扫帚的生日,扫帚要休息。如果扫地,运气什么的都会被扫尽,扫帚星也会趁机进门。

当然,现在这个老规矩确实没什么人知道了,知道了也不见得有人遵守。环卫工人大年初一加班加点,满大街见脏必扫。

金华过年的老规矩,还有一条也好玩:大年初一第一餐饭须由男人上灶做饭,女人休息,如果女人去做这餐饭,一年都要"倒灶"(倒霉)。

## 110

有一种小吃叫福健羹,流行在金华街头。

做福健羹,先用米粉糊浇在烧烫的锅边,煨熟后直接铲入锅中,加入高汤、虾仁、海带、豆芽菜、木耳、笋干等佐料,稍煮即可。福健羹是非常受欢迎的大众早餐之一。

做福健羹最有名的是边记福健羹店,做出来的羹汁厚味浓,据说老板的爷爷就有这手艺,历史悠久。但这家店经常搬来搬去,吃客倒也忠心耿耿,不辞辛劳地跟来跟去。

一次,请一位福建的朋友品尝福健羹,他大为惊奇:"我们福建根本没有这种羹啦,应该叫金华羹更合适。"

金华福健羹

## 111

金华小吃中还有一种"江西馄饨"，名字取得也是不明不白，与"福健羹"类似。

江西人都不知道有这种"江西馄饨"。

其实就是小馄饨。皮薄如纸，肉馅如豆，轻轻一捏，放入锅中，煮两三分钟即可捞起。汤料中加入紫菜、小葱，色泽清淡，口感鲜嫩。

福健羹只在早餐中出现，而"江西馄饨"早中晚三餐皆有人吃，包括夜宵摊上都有。

## 112

追逐明星的人，以前叫"追星族"，现在叫"粉丝"。现在的年轻粉丝，爱得有点滥，有的是见一个爱一个，甚至守候在机场，逮着一个合影一个、签名一个。

我有一位朋友，可谓是个老追星族。当年喜欢的是日本演员山口百惠。即便山口百惠息影多年，他几十年来仍痴心不改。

他当年找对象结婚便是按山口百惠的模样做标准，果然功夫不负有心人，居然被他找着了。现在他们的孩子已经上中学了。微信兴起后，他的头像用的便是山口百惠，在微信中提起老婆，一口一个"我家山口百惠"如何如何。

很多人都会问他为什么用山口百惠的照片当头像，他就在朋友圈统一回答"请看照片"，然后发一组夫人的生活照。

大家说，女主角与山口百惠很像，就是边上男的不怎么像三浦友和。

## 113

南宋婺学最盛，金华人唐仲友与吕祖谦、陈亮齐名，属婺学的主要人物。

唐仲友在学术上知名度不及吕、陈二位，不过，他在台州做知府被朱熹六次弹劾一事，却闹得沸沸扬扬，至今似乎都留有余波，没有真正平息。

朱熹给唐仲友加了很多罪名，其中一条是与台州名妓严蕊一起"败坏政事"。当时官府规定，官府有酒宴可召歌妓承应，只能站着唱歌送酒，不许有私侍寝席。朱熹认为唐仲友风流倜傥，肯定与严蕊"有一腿"，抓了严蕊严刑逼供，审了两个月都没结果。

朱熹是理学大师，从心底看不起歌妓，严蕊虽是风尘细弱女子，却侠女心肠，绝不承认没影的事，朱熹无法。后换岳飞第三个儿子岳霖审查，认为严蕊确实没有与唐仲友"败坏政事"，便放了严蕊。

才女严蕊当场赋词：

不是爱风尘，似被前缘误。花落花开自有时，总赖东君主。

去也终须去，住也如何住！若得山花插满头，莫问奴归处。

后来，这故事被写入《二刻拍案惊奇》，回目叫"硬勘案大儒争闲气，甘受刑侠女著芳名"，广为流传。20 世纪 80 年代，温州越剧团还以此为底本创作了《莫问奴归处》剧目，获了好多奖。

## 114

金华江南有一条东莱路，江北有个丽泽花园小区，这两个名称都是为了纪念一个金华人——吕祖谦。

吕祖谦称"东莱先生"，创办丽泽书院讲学传道，是金华历史上的大思想家，南宋金华学派和婺学的代表性人物。婺学与当时朱熹的闽学齐名。朱熹甚至把自己儿子送到金华，让他跟吕祖谦读书。

宋代儒学突破了汉儒严守师法和偏重训诂考据的治学方法，侧重于对儒家经典义理的阐释发挥。代表客观唯心主义的朱熹学派和代表主观唯心主义的陆九渊学派，在天理人欲、治学修养等问题上争论不休。吕祖谦调和两派，兼容并蓄，形成自己特点。吕祖谦不提倡为学而学，主张治经史以致用，要求"学者当为有用之学"。婺学传承数百年，影响直到元明，史称"得金华而益昌"。

由浙江古籍出版社出版的《吕祖谦全集》点校本，字数居然高达一千三百万字。

当年丽泽书院是名震全国的四大书院之一，相当于大学中的985；现在，浙江师范大学是金华的最高学府，丽泽花园小区是浙江师范大学的教工小区，虽是借名，倒也是读书人一种薪火相传的表达。

金华江南一环内，共有五条东西向主要道路，皆与金华的古代名人有关。双溪西路，纪念女词人李清照；宾虹路，纪念画家黄宾虹；李渔路，纪念戏曲家李渔；丹溪路，纪念名医朱丹溪；还有一条就是纪念思想家吕祖谦的东莱路。其他几条路都有好几公里长，唯独东莱路只有千余米，略有遗憾。

## 115

毛泽东主席曾为一位永康人的词落泪。

据保健医生回忆，1975年，毛泽东做了白内障手术后，有一天，他在读一首南宋之人的词，读着读着，忽然涕泪滂沱，难以自抑。经询问，原来毛泽东读的是永康人陈亮的《念奴娇·登多景楼》：

危楼还望，叹此意、今古几人曾会？鬼设神施，浑认作、天限南疆北界。一水横陈,连岗三面,做出争雄势。六朝何事,只成门户私计?

因笑王谢诸人,登高怀远,也学英雄涕。凭却长江,管不到、河洛腥膻无际。正好长驱,不须反顾,寻取中流誓。小儿破贼,势成宁问强对?

此后,不少人寻陈亮此词研读,但读懂之人,恐怕不多。

## 116

"金华宁"重情重义,讲究"担对担,碗对碗","出六进四"。所以,礼尚往来要严谨,不得搞错,家庭一般都会记录。

最近发现 1947 年的一张嫁女礼簿,是民国时写下的,执笔人名叫周光荣。那年 11 月 16 日,是他女儿的大喜之日。礼簿中详细记录了亲朋好友送来的红包中都有些什么。共有七十一个红包,有人送了一件衣服和一条裤子,有人送了钱,"礼洋二万元"居多,还有的送"礼洋十二万元"。也有让人称奇的礼物,有好几位送了豆腐,多则"十二斤三两",少则"四斤"。

"礼洋二万元"指的应该是法币,因为金圆券于 1948 年 8 月才开始发行流通。

当年法币价值几何,《巴蜀述闻》里曾记载了一个故事:1930 年四川宜宾县为修建自来水厂筹集银圆十三万余,后工程因故未上马,银圆以自来水工程专款名义存入银行。1935 年,国民政府改革币制,发行纸币即法币,回收银圆并禁用银圆,按当时的兑换比例,十三万银圆换成了两百万法币再存入银行,孰料法币自发行以来一路贬值,通货无限膨胀。至 1948 年国民政府再度进行币制改革发行金圆券，规定"以金圆券一元折合法币三百万元比价回收法币"，此时存在宜宾银行中的当年用十三万银圆换回的两百多万法币连本带息只换回了不到一元金圆券。

根据网上的资料，到 1948 年 8 月，法币一千二百万元兑美元一元，食米一斗二千万元，香烟一盒二十万元。按照法币贬值速度计算，1947 年二万元只能买几斤米。

金圆券也是臭名昭著，贬值无底线，1949 年 5 月上海解放前夕，一石米竟需要四亿金圆券。

## 117

金华人有一句民谚"有爷娘生，没爷娘教"，把父亲称为"爷"。

这应该是从古汉语中流传下来的。

南北朝时的叙事诗《木兰诗》中"军书十二卷，卷卷有爷名。阿爷无大儿，木兰无长兄"，这里的"爷"肯定是对父亲的称呼。唐诗里的"爷娘妻子走相送，尘埃不见咸阳桥"，也是这样。这些都证明古代称呼自己的父亲为爷是标准的叫法。《西游记》第四十二回中写孙悟空对红孩儿说："贤郎，你却没理。那里儿子好打爷的？"这里的"爷"显然是指父亲。

金华人"祖父"还是称"爷爷"，"祖母"却称"妈妈"，外地人刚到金华，会感觉有点乱。

## 118

江浙一带,"伯嚭"绝对是个贬义词,如苏州、无锡地区便有将恶人、奸佞之徒称呼为"伯嚭"的说法。在绍兴、宁波等地方言中,"伯嚭"指花言巧语、夸夸其谈、好说假话骗取私利的人。

金华与其他地方稍稍不同,金华话中"伯嚭"是动词,意思是吹牛、说空话。

开始吹牛叫"开始伯嚭",牛皮很大,则加重语气叫"伯嚭拉天"。

伯嚭,吴国太宰,好大喜功,贪财好色,内残忠臣,外通敌国。他做越国的内应,屡次在重要关头为敌国说话。同时,借吴王之手把越王勾践灭吴的最大障碍伍子胥给逼死了。越王勾践灭吴后进入姑苏城,百官称贺,伯嚭也在列中。他自以为于勾践有周全之功,面露得意之色,向勾践拜贺。勾践却下令诛杀伯嚭,罪名是"不忠于其君,而外受重赂,与己比周(与越国勾结)也"。

## 119

过去医疗条件差,小孩有个头疼脑热什么的,常常得自己解决。

如果家有夜哭郎,父母会找红纸一张,上书"天苍苍,地皇皇,我家有个夜哭郎,过往君子读一遍,保佑我儿一觉眠熟到天亮",贴于凉亭、车站、路口大树等行人多的地方。读的人多了,孩子夜哭的毛病就会被治愈。此俗如今在农村还能见到。

还有,家里有人吃中药,会把药渣倒在路中间,由路人踩踏,认为踩踏的人越多,就越能帮助病人痊愈。现在,在城市乡村的小街巷中,偶尔也会踩到药渣。

踩在药渣上,软绵绵的,千万不要嫌脏,你是在做好事。

## 120

"金华宁"办事,重视选择"黄道吉日",如"杨公忌""彭祖百忌"等,名目繁多。多了记不住,于是删繁就简,"金华宁"特别看重农历初三、十一这两个日子。

家里办大小事,择日子,就会说"初三、十一不择日"。

每逢农历初三、十一,各大饭店门口,保准都有一对对新人扎堆办喜事。

不过,对在单位上班的人来说,初三、十一也不是太好,要办喜事,最好是放在周末,就不会影响工作了。

## 121

"金华宁"相信神秘的"感应"。

大人小孩一打喷嚏,"金华宁"会很高兴,说这代表有人记挂,而绝对不和感冒挂钩。老人打喷嚏,大家说是远方亲人记挂了,小年轻打喷嚏,肯定是情人记挂,或有人暗恋你了。

"金华宁"认为背后议论别人是不对的,因为即使别人现在听不到,但他的耳朵一定会发烫,能感觉到。

所以,阿郎一般不在背后议论别人。

## 122

现在的农村,各村基本把过去砸烂的本保殿恢复了。每个村基本都有自己的本保神,就像每个村都有大樟树。

不少县志说,金华地区"俗好淫祀",各种祭祀有点滥了。

本保神可以是村里的先贤,也可以是其他名人或各路神仙,保佑本村风调雨顺、诸事顺利。

本保神殿的大门两边,一般画两匹红色的马,由两位武士牵着,据说是当年背负康王渡江南下的那两匹马。

初一、十五是敬祭本保神的日子。

## 123

在金华,有点财力的村子,每年都会请剧团来演出。乡人虽然喜欢看戏,却也有一些原则不能违反,如某些戏内容有禁忌,是不能在自己村演出的,否则,会闹出事情。金华市群艺馆 1984 年所编资料介绍:雅畈镇有的村不演《张飞擒严颜》;安地镇有的村不演《庵堂认母》;汤溪有的村不演《潘仁美摘印》。其中,有的戏与祖先有关,或与本村信仰有关。你在别处演,阿郎管不着,演到家门口,太伤自尊了。

## 124

金华话不仅王黄不分、吴胡不分,而且周九不分、朱车(jū)不分。

我有一位朋友,大家叫他"969",好奇怪的名字,后来才知道是"周六久";还有一位"朱平一",他名字的金华话发音和象棋术语"车(jū)平一"同声同腔,大家就喊他"车平一,马跳二"。

## 125

有一阵子,本地好多宾馆饭店的大堂爱挂金华古城地图,图上四周护城河环绕。

看了古地图,发发思古幽情可以,但想要找到护城河就困难了。不仅外地人找不着,本地人基本也是摸不着头脑。

原来,西段护城河已变成人民广场,河水进了下水道。

北段护城河已改造成防空洞和人民东路,河水无影无踪,干脆不见了。

东段护城河神龙见首不见尾,大部分也进了下水道。

只有南段的婺江依然如故。

## 126

人们一般认可亲可敬者做干亲,"金华宁"有时却认树为干亲。

各村的大樟树,也叫"樟树娘娘"。旧俗认为孩子出生后多灾多难,或命中五行缺木,便会认樟树为"娘",以求庇护。

仪式很庄重,将孩子姓名、生辰八字写在红纸上,连同茶叶、米等物放入红布袋中挂在树上。在树上贴敬语,焚香叩拜后礼成。

关键是,从此孩子名字中必须带"樟"字,如"樟根""樟土""樟松"等。

难怪读书时，班里"樟华""樟茂"有好几个，还有没有隐私权了？

## 127

香港人最相信黄大仙，黄大仙祠不仅是香港九龙最有名的胜迹之一，也是香港最著名的庙宇之一，香火鼎盛，金华人用段子领教了。

金华一"老货（老头）"去香港旅游，在街上见许多人买彩票抽奖。有人抽到三等奖，奖品是一个包；二等奖奖品则是一块表。金华老货也上去试试手气，打开奖票，众人一阵欢呼，一等奖。工作人员告诉他：先生，恭喜你，请准备行李，明天一早出发，一等奖是黄大仙故乡金华七日游。老货大叫一声"哇夸（见鬼）"，当场晕倒。

## 128

"值铟"和"洋污"这两句俗语，都是金华方言中时常能听到的。"值铟"从文字上讲意思是"值钱"，"铟"是"钱"的古代说法，"铟""钱"二字从前通用；但是，从金华方言来看，"值铟"并不是指价值多少，而是指疼爱、珍惜，且大多是指长辈对小辈的疼爱，如爷爷奶奶值铟小孙子小孙女；也有大人间婆婆值铟儿媳、老公值铟老婆等。

不过值铟也该有个度，过头就不好了，太值铟，疼爱就变成了溺爱。过去有古话说："宠鸡上锅盖，宠狗上屋背，宠个小依（小孩）变屎块。"还有的说，值铟过了度，聪明变洋污。

"洋污"是什么？对于成年人来说，是指办事不认真、随便、粗心。

由于这样，事情办不好、办不成，人们就会说这人"太洋污"了。不过"洋污"一般多指小孩子，孩子做作业不专心、上课不认真听，大人就会批评他"太洋污"了。

## 129

关于俗话"值钿"和"洋污"，金华乡里还流传一个故事，说是某村一个男人，50多岁才生了个儿子，这父亲对儿子是百般值钿，万般宠爱。就这样，值钿过了度，小孩变洋污了。小家伙什么事情都敢做，十来岁了爬上树偷桃偷李，还喜欢恶作剧，以戏弄别人取乐，常常攀上路边高高的树，坐在树枝上往下扔沙石、吐口水。甚至看见有人从树边的路上走过，他就故意向行人撒尿。不过大多数人是走过去仰着头骂几句也就算了，不跟小孩计较，心想"硬树总归会有硬虫钻"，总有一天让你碰上强悍的人。

果然，这天小男孩真的碰上个脾气暴躁的"懒料"，村里人对这个"懒料"都忌三分。刚巧"懒料"从这条路走，不提防被"热水"洒了一下，抬头一看，是个十来岁的小男孩，坐在高高的树枝上向他撒尿呢！这一下，他火气上来了，娘的，向我身上撒尿，你找错人了！他拿下背在肩上的锄头，"呼"的一下，举起就往上捅。这小孩见锄头捅来了，忙往更高的树上攀爬，谁知他又慌又怕，一不小心，一脚踩空，"啪"地从高树上摔了下来，后脑着地，医治无果，变成终身残疾。

所以，民间又流传下来一句话："小孩不能宠，宠宠变孬种。"

## 130

金华人原来把自己的建筑归类到徽派建筑。

但建筑专家洪铁城提出，金华传统民居属于婺派建筑。他把徽派建筑与婺派建筑区分开来，认为两者相比，主要有四个不同。

第一，建筑外形对比：一者是马头墙，一者是屏风墙。

粗观建筑外形，婺州、徽州两大民居类型都有粉墙黛瓦，马头墙、屏风墙都是白灰粉刷，都是盖小青瓦，粗看一个样。区别在于：婺派建筑马头高昂，似飞如跃有壮志凌云；徽派建筑像屏风舒展，宽松有余，源流长远。

第二，院落规模对比：一者是大院落，一者是小天井。

婺派建筑是大院落。徽派建筑是小天井（院落面积很小，只有二十多平方米，所以当地叫天井）。

第三，基本单元对比：一者是大户型，一者是小户型。

婺派建筑的单幢三合院，是明清朝最规范、最时尚、最流行的平面形式，由十三间房屋组合而成，是单家独院的住宅套型，民间俗称"十三间头"。

徽派建筑一般单体只有五六间，不到婺派的一半。

第四，内外装饰对比：婺派建筑典雅大方，徽派建筑富庶小康。

洪铁城总结，徽派建筑代表精打细算的商贾文化，婺派建筑代表合规大气的儒家文化。

婺派建筑代表作，洪铁城首推东阳卢宅。

## 131

现在小年轻越来越会玩了,发的结婚请帖上,不是写邀请参加婚礼,而是写:邀请你参加表彰结婚积极分子大会,欢迎围观,欢迎见证。

有的小年轻干脆不发传统请柬,而是采用电子请柬,配上图片和音乐,虽声情并茂,却也让老一辈感觉少了一些热情。

收到电子请柬,朋友也就自觉通过微信转账,把礼金在网上传过去了。

还有更好玩的。一次,在婚礼上看见,负责收礼金的管事胸前挂着支付宝收钱二维码,有的客人就用手机扫一扫,付了礼金。

## 132

有个公园,百姓叫好,专家也叫好,却叫好不叫座,这就是金华建筑艺术公园。

金华建筑艺术公园西起东关桥,东至康济桥,长二千二百米,平均宽八十米。公园景观由艾青之子、著名艺术家艾未未领衔规划设计。公园中十七个小型公共建筑由来自美国、瑞士、德国、墨西哥、荷兰、日本及中国七国的优秀建筑设计师、艺术家设计。设计师当中,有北京鸟巢设计者赫尔佐格,还有我国第一位获世界建筑最高奖普利兹克建筑奖的中国美院的王澍。

十七座建筑都是名人名家的小品之作,别出心裁,各有特色。其中作品"公厕",竟入选全球最漂亮的十大公厕。

但是,出乎意料,2007年公园开园,热闹了没几天,就陷入冷清。公园当时离闹市区有一点路,周边土地尚未开发,居民实在太少了,加上没人管理和推广,荒草丛生,人迹难觅。

2012年,有央视节目批评该建筑艺术公园,称之为"废园"。

从此,这座全国独一无二的建筑艺术公园,成了"金华宁"心中"隐隐的痛"。

现在,周边土地逐渐得到开发,人气不断上升,公园也慢慢从冷清中走出来了。

## 133

与建筑艺术公园命运完全相反的是燕尾洲公园。

金华江、义乌江、武义江三江交汇处的燕尾洲公园,称得上是金华三江六岸公园带的点睛之作。

设计者也是金华人。金华籍的北京大学建筑与景观设计学院院长、美国艺术与科学院院士俞孔坚。

公园设计从金华富有历史和文化意味的"板凳龙"传统舞龙习俗中获得灵感,设计了一条富有动感、与江水相适应的步行桥"八咏桥",将被河流分割的两岸城市连接在一起,并使河漫滩变成富有弹性的可使用景观,形成了最富有诗意的景观。

燕尾洲公园中的中国婺剧院,是燕尾洲城市文化艺术中心的核心建筑,是集歌剧、舞剧、戏剧、交响乐、音乐会、综艺演出等功能于一体的综合性文化中心,它的形态就像天鹅的两翼,不仅体现出轻灵、飘逸的建筑个性,也创造出了富有动感和美感的视觉享受。燕尾洲公园的板凳龙步行桥和中国婺剧院相得益彰,成为金华市标志性建筑。

燕尾洲公园独特的设计,获得了巨大的成功。2015年在新加坡举办的世界建筑节,把最重要的大奖"最佳景观奖"颁发给了俞孔坚团队。

如今,老百姓喜欢到板凳龙步行桥上走一走,桥上常常人头攒动,据安装在步行桥进出口的自动计数器显示,最多时,步行桥的日使用人数达4万余人次。人们在这里看看江景,吹吹江风,好不惬意。年纪大的人会说:"要是我们那个时候就有这座桥,谈个恋爱就方便多了。"

燕尾洲公园

## 134

金华棋牌室多,不光遍布大街小巷,在小区内空余房屋里也见缝插针地开起来,生意红火,来"小搞搞"的人不少。

但棋牌室老板都说不赚钱。因为经常会碰上"三缺一",老板义不容辞顶上,顶多了以后,把开棋牌室赚的钱又输掉了。

## 135

金华四季分明,不过,夏天和冬天越来越长,春天和秋天越来越短,感觉前几天还在穿 T 恤,马上就得改穿羽绒服了。

现今金华也是排得上号的"火炉城市",一言不合就飙高温,飙到四十摄氏度,那是家常便饭。冬天温度虽然不低,但北方人也受不了金华的"阴冷"。

于是段子手就说:上帝创造金华的四季时,先造了夏天和冬天,一不小心,材料用过头了,所以,造春天和秋天时,材料不够了。

## 136

2016 年,二七新村被拆了。

这里曾经是领先金华全市的高端居住地,楼房林立,住的都是"浓眉大眼"响当当的铁路职工,据说,他们坐火车不要钱。

二七新村有自己的学校,有自己的医院,甚至有自己的澡堂、工人俱乐部。

这里的人说话和市区别处口音明显不同,他们带着杭州腔。

二七新村占地一千七百亩,居住六千余户。拆迁工作有另一个名称:浙江省体量最大的棚户区改造项目。时过境迁,原来的高端社区,变成了棚户区,成了城市的伤疤。

## 137

在110报警平台,可以遇见各种奇葩奇事。

有一天,在短短半小时内,金华市公安局110指挥中心报警服务台连续接到一千余个报警电话,此呼入量为平时的五百多倍,因110报警服务台席位有限,接警席位被大量占用。

民警觉得事有反常,经追踪后,将18岁的嫌疑人王某传唤至派出所。据王某说,他是做网络直播的,有将近六十万粉丝。一次,王某在衢州市区一家网吧内做直播,直播完后,有人给其微信上发来一个链接,王某便点击链接,没想到这是一个木马病毒,他的手机号码被对方获取后公布到网络聊天室内,随即手机接到了许多陌生号码的来电。王某不堪其扰,便灵机一动想出了一条"妙计",将号码设置呼叫转移至110报警台,然后安心地睡觉去了。

王某的行为扰乱了公共秩序,属情节严重。根据《治安管理处罚法》相关规定,王某被警方行政拘留六日。

## 138

金华酥饼不仅好吃,还可以用来抓鱼。

一次,与金华默香食品连锁有限公司老总在北山鹿田避暑,看到水库清澈见底,小鱼簇浮,食指大动,但没有渔具。老总说,不妨,这个简单,我们用酥饼抓鱼,借个脸盆就行。

房东听说我们借脸盆用酥饼抓鱼,并不惊奇,说:"我知道,我们这儿经常这样抓鱼,不过,不用酥饼也一样。"于是,两人决定PK。

房东在脸盆里放了米饭与米糠,老总在脸盆里放了米饭和酥饼碎,都用塑料布扎紧脸盆口子,在塑料布中间用刀划出一道裂缝,慢慢沉入水底。

过了一个多小时,等我们爬山回来,捞出两只脸盆,放酥饼的脸盆中有二十来条钻来钻去的小鱼,另一只脸盆中也有两三条小鱼。无疑,酥饼胜出。中午,我们吃了美美一顿红烧野溪鱼。

## 139

在西藏,要给客人献哈达。在金华,也有与哈达有点相似的物品:汤布。

金华农村的男人好像特别喜欢汤布,当然,那是早年的事了。那时候,金华东乡农民用的是蓝汤布,西乡汤溪一带用的是白汤布。

白汤布,普普通通,二尺宽五尺长,四面用线缝好,就这么块简单的白布,作用实在是太多了。

以前，每年夏天农忙季节，早上，男人们把白汤布顺手拿出门，干活前，先在田间地头把汤布往腰里一围，然后脱下里面的短裤往稍微干净的地方一放，汤布就替代贴身短裤了，中间回家吃饭吃点心，照样换上短裤。这样，干活的男人差不多都光屁股围一条汤布，风凉、简便、节省。干到太阳下山，"扑通"一下，扑进塘里，拿下汤布洗澡洗头洗脸、擦身揩背，这汤布就成了毛巾和浴巾。

到了秋风起时，天气转凉，出门该穿春秋衫了，这时拿汤布往腰里一扎，挺像大将军的皮带，汤布既保暖又让人觉得特别神气有劲。稍冷时，汤布围在男人的脖子上，像城里男人围围巾一样，一头高一头低，蛮潇洒、蛮别致的。那时，附近莲湖的严村有个凿碗字的"杭杭"，见什么唱什么，他就唱："白汤布，四只角，圆口布鞋正合脚，十七八岁后生得人淑（即讨人喜欢），小姐房里花生瓜子随你剥……"汤布又成了年轻人爱美的装饰品了。有的女人还给心爱的男人在汤布上绣名字绣花。

## 140

年轻人可能不太知道，金华有一种功夫叫"汤布功"。

抗战时期，金华汤溪沦陷，兵荒马乱，强盗也特别多，一些农民学起"汤布功"自卫。

据说有一回，一个劫匪手执钢刀到村里一户人家打劫，这村民顺手拿起一条五尺汤布，在水中一浸湿，手捏牢甩将出去，那汤布如同出海蛟龙，上下翻飞，把那劫匪打得晕头转向。最后，"啪"的一下，汤布打中钢刀,复绕刀三匝,用力一带,把那劫匪连人带刀拉过来摔了个嘴啃泥,劫匪乖乖就擒,跪地大叫"好汉饶命"。

## 141

金华民间流行"叫魂"。

"叫魂"的历史悠久,接受面很广。

在永康市区华丰菜场,甚至有"叫魂一条街"。菜场附近的农工商超市后面,走进街巷不远,就会发现"叫魂"的招牌,这里聚集了五六家这样的店面。招牌打得一个比一个大,你是"祖传叫魂",我就是"祖传三代叫魂",最大的招牌高达数米。

"叫魂"首先与我国传统的亚文化有关,比如相信鬼神、魂魄的存在等。一旦受到惊吓和恐吓,孩子哭闹,就被认为是魂魄出窍。此外,"叫魂"对孩子来说有一定的心理暗示作用,所以有部分孩子被"叫魂"以后,此前的不适症状得到减轻。

在金华一些地方,孩子受到惊吓后,"叫魂"时用山栀子来包手腕和脚心,具有一定的效果。因为包裹的地方是穴位,该穴位与人的肠胃相连,如果孩子受到惊吓等,肠胃也会产生不适,孩子表现为哭闹等症状,山栀子对此具有一定的治疗作用,这是具有科学依据的。家长遇到此类情况,可以去医院积极治疗,也可以尝试用山栀子来辅助治疗。

"叫魂"只是表达了大人对孩子的关心。对孩子来说,通过"叫魂",他或她就会想,家里人是喜欢我、关心我的,心理上会得到极大的安慰,会逐渐忘却不快之事;如果孩子受惊吓之后,大人不闻不问,甚至呵斥之,那么孩子的心理就会受到伤害。

"叫魂"显然对社会生活产生了影响。金华话"叫魂"甚至衍生出另外一层意思。比如多喊某人几声,他感觉你啰唆,会不耐烦地说:"专门(老是)欧(喊)来欧(喊)来,叫魂啊!"

## 142

猫,一心抓耗子,却没有被列入十二生肖,的确令人诧异。在金华地区,还有一个更奇异的习俗,就是猫死后,不能入土为安,必须悬空挂在树上。

民间流传:金华的猫,养了三年以后,往往会在月圆之夜,爬到屋顶上,张嘴对着月亮,吸取精华。时间久了,有些猫就会变成猫怪。

猫怪会出来魅惑人,遇到妇女就变美男,遇到男人就变美女。它还经常溜到人家家里的水缸口,撒一泡小便到水中。如果有人喝了这些水,就再也看不见这只猫了。到晚上,猫就会来害这个人。

关于猫尿的神奇作用,从科学角度讲,是无稽之谈。不过,东阳市南马镇和画水镇一带,民间至今仍存有一个特别习俗,就是晚上关门睡觉前,人们往往要检查一下水缸的盖子是否盖好。大多数人家不放心,还会压上一块大石头,如果第二天早上,发现水缸盖滑落或者移动,那整缸水就换掉,绝不喝半口。

关于民间"不吃猫肉,死后挂树上"这个习俗的来源,说法多种多样。

东阳、义乌、武义等多个地区的老人说,猫是抓老鼠的,我们不能吃它。死后挂在树上,则是因为"猫有九条命",埋在地里会还魂变妖怪害人。看来,对猫的评价,人们其实是有点纠结的。

## 143

金华是区域性的交通枢纽,汽车站就有三家。改革开放之初,车票往往一票难求。

那时,民谚说,"嫁汉两把刀(医生手术刀、肉店剁肉刀),娶媳两张票(影剧院售票员、车站售票员)",可见车票紧张程度。

过去三家汽车站每天运送旅客一万五千人,现在只有五千人,减少了三分之二。

特别是针对周边县市短途旅客的汽车东站,旅客数量下降得还要多。

主要原因是出现了高铁、城际快速公交,当然还有大量的私家车。看来,交通条件越好,私家交通工具越普及,汽车站业务就越萧条。每一种新业态出现,就是给老业态割一刀。高铁一刀,城际快速公交又一刀,轻轨又在建设中,汽车站于是雪上加霜。

好像这不仅仅是金华遇上的问题,各地情况差不多,全省客运车辆都在减少。

2017年3月,金华汽车东站关门。2019年5月,金华汽车南站终止客运站经营。金华只留下一个汽车西站了。

汽车站看来是要寻找突围方向了。比如,差异化竞争,金华直达萧山机场、直达上海迪士尼乐园的班次,坐的人倒是越来越多。

## 144

1949年5月金华解放,一批年轻人响应号召,参加革命工作。回忆当年,有个特点,都说那时工作时得背枪。

背枪不是为了好玩,不是为了"耍威风"。

有位老税务说,税务人员当时下乡收税,每个商户只收几分钱,但必须带枪下乡,金华刚解放那几年土匪多,面对面都遇见多次。

记者下乡采访带枪,金华大众报社(金华日报社前身)有位叫王水的记者,参加地委工作队,一边发动群众一边写稿,在与土匪的战斗中牺牲。

金华市人大常委会原主任朱洪法回忆,中华人民共和国刚成立他就参加工作。一次让他到城里领工资,领导开玩笑说,头一回领工资,要穿戴整齐。结果他背杆长枪,大热天穿中山装,戴顶帽子,从乡下满头大汗地赶到城里领了工资。

## 145

有一阵子,领导干部晋升考核,对年龄卡得比较严。

于是各级领导纷纷开始注意形象。染发剂生意兴盛起来,特别是高档染发剂,什么无毒、有机、纯植物,越贵越好卖。

还真有干部,为表现身强力壮,时不时当众表演一段俯卧撑。

有的单位老是组织运动会,什么三八节、重阳节、青年节,只要逮着机会就开,而且统统由领导带头参加,大家穿着运动衣,拍照留影,精神抖擞,大展青春活力。最好还能在电视上播放,或在报纸上刊登一下。

## 146

金华农民过去爱戴一顶被称为"铜钱帽"的草帽,现在已经难觅踪迹了。

金华汤溪的民谚云:"正月灯,二月鹞,三月戴箬帽。"农历正月是农闲季节,汤溪一带的农村同样迎龙灯舞狮子。汤溪人说,过年迎龙灯是大人玩儿戏,求的就是开开心心、热热闹闹。到了二月,时兴放纸鹞,纸鹞就是风筝。过了二月到三月,就戴起箬帽下田地干农活了。

箬帽,也就是斗笠,乃是唐代金华大诗人张志和诗中说的"青箬笠",晴雨两用,农家必备。做箬帽时,先用细竹篾编织成上下两片"帽框",中间铺上箬叶,再将上下"帽框"压好扎紧就成了。

不同的是,金华一带的农村用的箬帽是尖顶的,汤溪箬帽是平顶的,且有大小之分。大箬帽只用来遮雨,小箬帽既遮太阳也遮雨,到了雨天,配上蓑衣,就可以"斜风细雨不须归"了。也有比小箬帽大点的箬帽,用篾青剖成细篾做"帽框",且多了上下两层油纸,看起来更为平整美观,上面可以写毛笔字。

## 147

金华民间俗语有褒义的,也有贬义的,"结棍"应属褒义,其含义与"很好""很棒"差不多。说某人长得结实,健康有力,就说这人身体"危险结棍"。中国女排奥运夺冠,全国喝彩,世界点赞,金华人会说:"哇,打得结棍!"

金华学人说,"结棍"一语应出自"檵木棍子"。檵木是一种野树,长得很慢,也特别结实,有千年檵木之说。汤溪罗埠一带还有"檵木火筒捅不空"的讲法,形容一个人怎么开导也不开窍。

## 148

在金华,有一个词,用普通话说是一个意思,用方言说却完全是另一个意思,这个词就是"罪过"。

佛家人见不得杀生,看到有人杀鸡杀鸭,就会说"罪过,罪过",见到有人打架被打伤或打死,也会说"罪过,罪过"。中国本土文化中,重者为罪,轻者为过。

可是在金华方言中,"罪过"却与"可怜"同义。或许佛家用语也会演变,"罪过"一词可能变为有双重含义,既说杀生者、打人者有罪或过,也说被杀的和挨打的可怜。

不过一般来说,用普通话说的"罪过"意思是罪行或过失,金华方言把"罪过"读成"塞果",但用金华方言说的"塞果"是指可怜,金华话还有"塞果相",也就是看起来一副可怜的样子。

## 149

老金华人读"霜叶红于二月花"这句诗时,脑海中浮现的应该是乌桕叶子,而不是枫叶。

可以想象,秋日天高云淡,稻子金黄,田边一株株乌桕挂满红叶,鲜红欲燃,这是多美的画面。

金华本土作家章竹林写道:"十月桕籽白秃秃,十一月粮食都收足,十二月坐达好享福。"乌桕树的果实很奇特,外面一层白的可以做蜡烛,果实可以榨成点灯的油。那时候,满田畈都可以看到桕子树,种在田埂上、坟头边、空地里。唐代诗人杜牧写过"停车坐爱枫林晚,霜叶红于二月花",那是他没见过我们这边的乌桕叶,比枫叶亮丽多了,大红、深红、橘红均有。傍晚的斜阳下,那火样红的桕树一丛丛一片片,微风吹拂,红光摇曳,漂亮极了;到红叶落尽,乌桕树光秃秃的枝头只剩一簇簇暗灰色的果,待到又一夜霜风加上一天丽日,桕果的灰壳裂开纷纷落地,留在那树枝上的,银光灿灿都是雪白珍珠,要多好看就有多好看。这就是民谣所说的"桕籽白秃秃"了。

柏果摘下了,粮食收好了,年关也到了,人们开开心心地准备过年。古老的汤溪民谣虽然没上过网,但它是农民们一代代口口相传的,是几百年几代人的文化积淀,会勾起人们对儿时生活的美好回忆。

不过,乌桕树现在不太看得见了,因为现在没什么人收购乌桕籽了。

## 150

从前,金华人送礼,讲究用"四斤头"。

自南宋开始,拥有美好寓意的四款糕点是男方到女方家提亲的必备品,每种各一斤,故合称"四斤头"。

四斤头是指红回回、双喜糕、擦酥、连环糕四款糕点。四种糕点各有寓意:连环糕寓意"百年好合",红回回寓意"吉庆利市",擦酥寓意"化愁舒心",双喜糕寓意"喜气临门"。它们是婚庆喜事中不可缺少的糕点。

红回回名字特殊,来历也不简单。相传,早年间有户姓方人家的女儿，虽远嫁他乡，却不忘家乡养育之情，经常带上自己亲手做的糕点回家看望长辈。一方糕点，刀刀纵切而相连，如"回"字造型，顶层更用心地染上红色以点缀，看上去喜气洋洋，吃起来香甜美味，引得家人、邻里纷纷夸赞。当问及糕点名称时，女儿稍加思索，脱口而出"红回回"，既是取形，更寓回娘家之意。

连环糕，顾名思义，即一块米糕做成两个相交的圆形，成为双环，比喻携手共进，联谊友好，更有同心联姻、百年好合之意。

擦酥是个挺不起眼的糕点，灰黑的颜色、普通的造型，很容易让人忽视它。然而当你尝过一口之后就会发现，入口即化的芝麻粉令你满口生津，就像夫妻生活，平凡而甜蜜，令人久久不能忘怀。

金华人提亲，要用"四斤头"

## 151

"拉着红酥手,轻轻吻一口;掀起红盖头,深深舔一口;解开红肚兜,让你吸个够。"别误会,这写的是小龙虾。

江苏有一个地方,对金华餐饮业产生了巨大影响:盱眙。

盱眙小龙虾改变了金华吃货的胃口,街头巷尾遍布小龙虾店。不过,小龙虾店似乎更爱抱团,双龙大桥北桥头、五一路、南苑高畈街三处是集中地。

张牙舞爪的小龙虾在吃货拥趸下价格逐年攀升,从三元升到几十元一斤。

盱眙龙虾节从第三届开始,居然在金华设立分会场。浙江省内第二家设分会场的是宁波,从第五届开始。

当然,不爱吃小龙虾的也大有人在,他们称小龙虾为"阴沟虾",时不时还有吃小龙虾会引发"肌溶解"的传闻。

"打不退,骂不退,真宝贝",吃货当然不为所动,照吃不误,并且队伍有越来越庞大之势。

## 152

现在流行谈"乡愁",吃货们会说,乡愁就是回忆吃家乡菜。

不用评比,金华"吃讲师"们一致推举,"三月青",当之无愧是金华第一乡愁菜。

又会吃,又会评论的人,才有资格被封为"吃讲师",他们说得好权威。

　　三月青是芥菜的一种，外地很少种植，而金华地区普遍种植；三月青味微苦，外地人往往嫌其苦涩弃之。唯"金华宁"在苦涩中吃出了香味，吃出了甜味，吃上了瘾。

　　出门在外一两个月，回金华逛菜场，赶紧买来三月青，清洗干净切好，往炒锅里一放，顿时清香扑鼻，再放一把焯过水的千张，翻炒几下，金华名菜"三月青炒千张"即可上桌。闭上眼轻轻一闻，那种三月青特有的苦味及香味沁入心脾，这才算真正回家了。

三月青炒千张

## 153

还有一道乡愁菜——大蒜叶炒永康豆腐干,可以排在三月青炒千张之后。

大蒜叶很平常,各地都有,永康豆腐干却有讲究,独此一家。

与外地出产的豆腐干不同,永康豆腐干要用烟火熏,形成一层厚厚的暗黄色外皮,有点韧劲,皮内豆腐干却比较鲜嫩,吃起来软硬结合,恰到好处。熏的时间长了,自然烟火气重,外地人往往受不了永康豆腐干那股浓郁的烟火气。"金华宁"却感觉,就是要吃这个烟火气。外韧里嫩的永康豆腐干,加上大蒜叶的蒜香,构成浓浓的、奇特的风味,使得"金华宁"上瘾,长久不吃想得慌。

无论三月青,还是永康豆腐干,都具有别的菜所没有的特殊味道。就像人们常说,特别的才是勾人的。

## 154

广东人喜欢喝汤,"金华宁"喜欢喝羹。

古人早就发现了羹之美味,"和如羹焉,水、火、醯、醢、盐、梅,以烹鱼肉"。

所以,金华酒席必有羹。

常见的羹有酸辣海参羹,这是个外来品种,但开胃,众人喜爱。

本地特色要数肉末豆腐荸荠羹,有荤有素,有软有脆,老少皆宜。

有时还有甜羹,金华有著名的"宣莲",所以莲子羹比较常见;用酒糟、糯米丸子、鸡蛋、糖为原料的酒糟丸子羹,是女同胞特别喜爱的养颜羹;另外,白木耳红枣羹也比较多。

## 155

牛身上哪个部位最好吃?

有的人喜欢吃里脊做的牛排,有的人喜欢用腱子肉卤着吃,不少"金华宁"恐怕更喜欢吃牛尾巴。因为古话说,会动的部位有嚼头。

所以,吃猪要找猪鼻子,吃牛要找牛尾巴。牛尾巴又有骨头又有肉,营养丰富,韧性十足。或熬汤,或清煮,各有风味。

在金华的牛肉店,临时买牛尾巴是买不到的,必须预订。

厨师也琢磨把牛尾巴烧出特色。金华市第一届名菜名点评比时,得分最高的就是"黄芪牛尾汤"。

## 156

常言道"北方面,南方粉",这话不假。

寻常金华人家,特别是农村人家,不一定备有面条,但基本会备有粉干。在过去,粉干是招待上门客人的必备食物。

金华粉干各县皆生产,但以东阳、磐安一带所产为佳,标准的"白如雪,细如丝"。吃过金华粉干后,一定看不起"傻大粗"的河粉。

粉干是炒、煮皆宜的方便食品。无论是汤粉干,还是炒粉干,青菜肉丝或雪菜肉丝都是标配。最后,再加上一个荷包蛋压轴。

金华古谚说:"客人是龙,不来要穷。"所以,金华人用粉干待客,是敬意的朴素表达。

## 157

金华人叫本地做的面条为"索面"，吃过金华索面，机制面条似乎就低了一个档次。

索面以"索"为号，"索"者，"绳"也，所以，索面必须得长，比机制面长两三倍，生日时，寿星吃着长长的索面，寓意更浓。浦江潘周家村的一根面可以有几百米长，更是把索面的"索"拉到一个娱乐的高度，到电视台表演，主持人竟用一根面跳绳。

农家制作索面，和面时须放盐，所以索面吃起来会有淡淡的咸味。这样做一来可以使保质期更长，二来使其具有一种特有的鲜味。

索面讲究手工制作，制作索面的人，都是耐得住寂寞的工匠。

金华农家索面

## 158

金华各式面条，名声最响亮的要数"东阳沃面"。

东阳沃面貌不惊人，甚至有"糊得得（黏糊）"之感觉，张嘴吃时，却有惊喜。

按书上程序，首先烧旺油锅，炒肉丝、木耳，后将备好的河虾、肚丝、蛋丝和面条入锅，加热水煮开。煮开之后，把精细的玉米粉（亦可稍稍加点番薯淀粉，以增加黏稠度）用水和匀，舀几勺到锅里，搅拌，煮开，即成"沃面"。

其实，早期在东阳民间，人们习惯把吃剩下的菜、汤搭配，用来煮面条，然后加入番薯淀粉制成糊面，既易消化吸收，又营养丰富，不愧是东阳版的"奥灶（齷齪）面"。

比较书本上的做法和民间做法，明显看出，高手在民间。

书本上的做法格局小了，做成了光鲜亮丽的"猪肚鲜虾面"，当然，饭店供应的都是这种沃面。

民间早期做法则不拘一格，信手拈来，随时随地调整思路，因地制宜搭配材料，最后以各种荤素菜入面，集成合味。这才是沃面的真正精髓所在。

东阳沃面

## 159

有人说,渺小时是充实的,伟大时是心虚的。

这句话用来形容金华馒头非常贴切。

金华馒头独特的品质特点是:造型圆润丰满、端庄美观,面团发酵极其充分,酵孔非常细腻,白细如雪,面有银光,皮薄如纸,吃起来松爽滋润,富有嚼劲,绝不粘牙,精美可口,极易消化。

其膨胀后弹性之强,常令初识者瞠目结舌,为之称奇叫绝。如将一只金华馒头握入掌中,手一张,馒头立刻像海绵一样恢复其原貌,当之无愧为食中妙品!

金华人喜欢将馒头横切一刀,夹红烧肉或扣肉,也有夹臭豆腐的,称之为"金华土汉堡"。

金华馒头扣肉

## 160

清明节,除了上坟祭扫先人,金华人还要吃清明粿。

金华清明粿花样迭出,方便吃货们各取所需。"寒食枣团店,春低杨柳枝。酒香留客住,莺语和人诗。"

清明粿,像苏式月饼一样,用模子压出。过去以甜馅为主,现在逐渐以咸馅为主。

清明还有清明饺子,做得像饺子一般,但更大,更胖。

最不讲究就是清明团子,看起来像包子一样,但没有褶口。

这几种清明食物,烹制方法一样,都是蒸。馅料基本选刚出土的春笋,伴以咸菜、豆腐、鲜肉,一口下去,鲜香四溢。

## 161

金华肉圆有北山派和南山派,以及汤溪派的派系之争。

北山派讲究荤素搭配,号称"萝卜肉圆"。萝卜肉圆的来历还与黄大仙有关。在金华北山盘前村一带,一向种植爽口的白萝卜,可是有一年外来恶龙引起暴雨和山洪,把北山上的肥土都刮尽冲走,种下的萝卜再也不会变大,且又干瘪又多筋。在北山得道的黄大仙得知此事后,用"吹灰成土"术,把香灰吹来肥沃土壤。盘前村村民再种萝卜,一个个长得又大又白,还脆嫩多汁。

咬一口萝卜肉圆,萝卜的脆、肉丁的鲜、番薯粉的韧交织混合。

南山派肉圆讲究排场,全荤全肉,坚决不用萝卜冒充肉,只用肉和少许番薯粉。我问过南山派厨师,为何不放萝卜,他回答:"肉圆当然就是肉做的,我们不用萝卜弄虚作假。"义正词严,我竟无法回应。

汤溪派做的是豆腐肉圆,主打肉丁与豆腐混搭,还有少许番薯粉。

北山派的萝卜肉圆攻城略地,步步紧逼,喜欢的人越来越多,稳稳占据主流位置。

南山派和汤溪派受众范围越来越小。

北山派肉圆和南山派肉圆

## 162

一北方小孩来金华亲戚家玩,到菜场转了一圈后,问亲戚:"我不认识他们,他们为什么都叫我娘舅?"

亲戚说:"不是娘舅,是'酿即欧',金华话'请让一下'的意思。"

北方小孩反应快:"原来我挡着他们了。"

吃饭时,亲戚让小孩帮忙,把箸(筷子,金华方言发音类似"菊")递过来,他又听不懂了,问:"吃饭为什么要拿橱柜啊?"

## 163

绍兴菜有"双臭",金华有汤溪烂雪菜滚豆腐。因其味如臭豆腐,初次接触的人常常被它的臭味吓得不敢动筷子。但是,闻着臭,吃起来却很香,是金华汤溪一道"臭"名远扬的地方特色菜。

民谣有曰:"烂雪菜是个宝,闻着臭,吃着香,小孩吃了不生痱,疔疮涂上也会好。"

汤溪烂雪菜滚豆腐有独特的制作原料。汤溪豆腐制作基本采用传统手艺,除了磨黄豆采用机械外,其他加工过程都用手工完成,使豆腐味道独特。用厚大白菜腌雪菜,菜叶肉质肥厚、鲜嫩、无渣。每年的11月是白菜的采收期,当地农民家家户户都会腌下一缸缸一坛坛的白菜,腌菜是炒肉片、炒豆腐、炒冬笋等必不可少的配料,味道鲜美,无与伦比。

到了来年,腌菜就成了做汤溪名菜的材料:烂雪菜。用烂雪菜做主料,配上鲜嫩的豆腐,佐以辣椒、蒜、姜、葱等配料,下锅煮至滚烫,下酒配饭,均为佳品。

## 164

娘舅的地位在民间是很高的。一大家分家拆伙闹纠纷,常由娘舅做主。但娘舅也有难处,手心手背的,让谁吃亏也不好。于是,通常由众小辈自己协商解决。如起火,娘舅就做和事佬,东压压、西抬抬,弃原则求摆平。再不行,则会采取强行平衡,确保弱者、边缘者利益。但不管怎么分,在众小辈眼中,娘舅总是个公平人。

金华电视台办了个调解节目,就叫《金华老娘舅》。

## 165

汤溪镇,过去是汤溪县,再过去,春秋时期属姑蔑国,居民原本来自黄河流域,流落于此。

没错,金衢盆地上最早的政权姑蔑国就出现在汤溪、衢州一带。

秦一统中国,在义乌设乌伤县,在汤溪九峰山下设太末县,唐朝时县治迁移至龙游。乌伤和太末是金衢盆地的两个母县。

经过二千多年动荡,汤溪从"国"成了"县",又成了"镇"。

汤溪人对此十分坦然:九峰山还是那座九峰山,厚大溪还是那条厚大溪,城隍庙香火不断,烂雪菜滚豆腐落肚为安。

## 166

汤溪话在金华方言中自成一体,佶屈聱牙,古韵悠远。有一阵子,金华市区的人们方言情结突然浓郁起来,突击学汤溪话,以会讲汤溪话为时尚,"哈莫(什么)"满城飞。

汤溪人张广天创作一首方言歌曲《老老嬷》,深情温情又煽情,而且只能用汤溪话演唱,效果特别好。不过有的北方朋友听了,告诉我说:"这首韩语歌曲真好听。"

敢情,他一句没听懂。

## 167

汤溪点心"的卜"甜得发腻。

相传明朝末年,天下大乱,有位后宫娘娘逃难路过汤溪,得到汤溪人帮助,为示感谢,便传授了一种皇宫点心做法,就是"的卜"。

外面一层麦芽糖,里面是芝麻糖馅,糖加糖,甜上加甜。现代人,有点怕吃。它只比硬币厚了那么一点点,大小与茶杯口相似。

它本来叫"的包",但丰子恺(祖籍汤溪)女儿写过《的卜情》一文后,汤溪人民一致改叫"的卜"。

在过去,的卜不卖的,只有押宝赢了才有份。经常是一个上了年纪的老人,挑着一对笭筐,沿街吆喝,等周围聚的人多起来了,老人便在笭盖上放一块四方的木板或纸板(四边代表四个方位),手上抓了几个代表"归身"(一)、"老虎"(二)、"出门"(三)和"青龙"(四)的小木条和顾客赌,庄家赢了,吃进的是钱,输了,赔出的是"的卜",何时"输光"了,生意也就做完了。

这真是一种奇特的销售模式,最后大家都开心,卖的人在高高兴兴地数钱,买的人则在给大家分发战利品。

## 168

汤溪农民爱牛,有"牛生日"一说。

农历四月初八,爱牛的汤溪人说这天是牛的生日,耕牛休息放假一天,有条件的给牛吃饭吃蛋喝酒,无条件的一早牵牛出去吃头把草,牛不用下地干活、耕作。

据说我国有些少数民族有这个习俗。而汤溪一带也有畲族居住,估计"牛生日"从此而来。畲族还有牛的"生日歌":"牛角生来扁扁势,身上负着千斤犁。水牛做饭给人食,四月初八歇一时。"

但比起印度瘤牛,天天吃了闲逛,"再穷不能牛受穷,再苦不能牛吃苦",我们只有一个"牛生日",似乎做得不够。

金华民俗认为,"牛忠,羊孝,马节,狗义"。

耕牛是农家之宝,不会轻易宰杀,只有衰老时才会被杀。宰牛时往往不让观看或回避牛主人。围观者必须把手放在背后作被缚状,以免被牛责怪见死不救。

## 169

电视连续剧《琅琊榜》热播后,全国各地都在争"琅琊"地名。山东和江苏为了这部文艺作品正儿八经考证了一番,安徽滁州更是把会峰阁改成琅琊阁。

"金华宁"笑了。离城十八里,我们就有个琅琊镇。周围的山,叫琅峰山。

电视剧中英年早逝的大梁太子,考证起来的话,只能是南北朝时梁武帝的昭明太子。昭明太子来过金华,义乌现在还有萧皇塘村和萧皇庙,都与这位太子有关。昭明太子的老师沈约,还当过金华的太守。大名鼎鼎的八咏楼,就是因为沈约作了八首诗而得名的。

但不管怎样,此琅琊非彼琅琊,琅琊镇不去凑那个电视剧的热闹。

## 170

微信群,是金华人的新宠。

想看电影,有影院观影群,隔三岔五就有免费票、低价票。

吃货有八荒四海吃货群、魔力美食群等,一家一家地吃过来,吃完城区吃农村,吃完金华吃外地。

一位细弱纤小的女子加入漫游出行群,周末就携群友爬山,让人大吃一惊。

去公园锻炼一下,一不小心也加入了一个"练功群"。

群里还会常常通报,现在哪条街正在查酒驾,很准。

## 171

位于北山之麓的智者寺,规模宏大,镇寺之宝之一,竟是一块石碑。

智者寺为千年古刹,该寺为南朝梁武帝敕建,距今近一千五百年。其香火鼎盛时,曾有寺僧千余,占地五十余亩,殿宇五进,为江南名刹。历经沧桑后,智者寺办过麻袋厂、养兔场,最后原址被拆除,成了水泥厂。

幸好寺中一件珍贵文物没被破坏,即南宋著名诗人陆游为智者寺所撰的《重修智者广福禅寺记》碑。它记录了当年智者寺的历史和重建过程,是一份关于智者寺难得的文献资料。陆游传世书法作品不多，特别是石刻作品更少，而此件碑刻，陆游书写时七十九岁，是他晚年唯一存世的石刻作品。

2007 年，水泥厂根据国家有关产业政策关闭。2008 年 6 月，浙江省民宗委正式批准复建智者寺，在原址重建寺庙，占地三百亩，其中寺院二百二十亩，规模宏大，省内少有，远超杭州灵隐寺、天台国清寺，成为浙中西部的佛教佛事活动中心。

这块陆游手迹石碑，当之无愧成了智者寺的镇寺之宝。

## 172

金华的老人们说，传统的"金华三宝"是：金华火腿、金华酥饼、金华酒。

现在还有新的"金华三宝"，分别是：金华公交车、沙畈水库的水、老年大学。

在金华坐公交车，线路多，车次多，所以车上比较空，不像杭州，车挤得像沙丁鱼罐头似的。有时车上人多，乘客看见有老人上车，往往会自觉起身让座，老人的幸福感特别强。

沙畈水库是金华市区自来水的水源地，市人大专门制定法规予以保护，居民家中流出的自来水，似有一股淡淡的甜味。

市老年大学设立的课程丰富多彩，老人们老有所学，学无止境，老有所乐，乐此不疲。排队申请要上老年大学的人越来越多，挤破了头。

## 173

据说,江湖上流窜的心怀不轨者有句口头禅:"天不怕地不怕,就怕在金华坐出租车。"

金华公安创造了出租车治安综合治理模式,确实让不法之徒闻风丧胆。

"金华模式"的撒手锏之一是:凡出租车要载乘客驶离城区,必须到出租车治安管理处登记,说明出车去向、乘客情况,并由管理人员对乘客与司机进行安全检查。

看似一项小小的规定,却神奇地让不少江洋大盗栽了。

1996年8月某日,震惊全国的特大犯罪团伙"麻阳帮"两名主要犯罪嫌疑人张治成、刘安江,在金华出租车出城登记时被管理处发现后,突然拔枪向值勤人员疯狂射击。执勤人员张顺金在身中数枪的情况下,仍以惊人的毅力夺下张治成身上的一只皮包,内有仿六四式手枪两支、子弹一百多发。现场有三位执勤人员因失血过多,昏倒在地。后来,正是以被执勤人员冒死夺下的皮包为线索,金华市公安机关很快与上海、广东警方联手,彻底摧毁了杀人如麻的"麻阳帮"。

2011年7月20日,义乌市出租车管理站在例行检查中发现,乘坐出租车的安徽人李桂勇,携带大量价格高昂的进口处方药包装,很可能用于制假。此事被上报给金华市公安局经侦支队。很快,他们就收到支队的指示:立刻放人,放长线钓大鱼。警方随后调查得知,李桂勇一家人从宁波、温州、衢州等地收购价格高昂的进口药品包装盒、瓶子和标识。他们在各地都有"下线",会定期把收集好的包装邮寄到杭州。再经李桂勇等人之手,邮寄到北京、上海、广州、黑龙江、天津等地。这些地方的"下家"普遍在家庭作坊中生产相关假药,再装入真的包装盒进行销售。

完成侦查后,公安部调度指挥全国二十九个省区市共一百七十个城市公安机关收网,各地警方共抓获犯罪嫌疑人一千七百七十六名,打掉制售假药犯罪团伙三百五十个,缴获假药三点零八亿余片,按照正品价格计算超过二十亿元。

据不完全统计,出租车治安管理部门每年可抓获各类违法犯罪嫌疑人约千人。

## 174

都说"天上不会掉馅饼",但在金华,天上老是掉馅饼。

金华风俗,农村造新房子时,一定要撒"上梁馒头"。

农民人生两大事"竖新屋,扛(娶)新妇"。上梁代表新房子基本搭就,所以,上梁讲究礼数,要办得热热闹闹的。选黄道吉日,将正梁放入木榫,鞭炮齐鸣,梁上木匠抛撒馒头,下面亲朋好友踊跃争抢,孩子们抢得最欢,一片欢声笑语。

现在,抛撒的除了传统馒头,还有咪咪虾条、火腿肠、方便面、袋装薯条等小零食。

撒"上梁馒头",就是要把造新房子的喜悦,与众人分享。好比现在的微信群,要求点赞或转发时,先发一个大红包。

## 175

一到评职称季,各事业和企业单位人员便忙碌和焦虑起来,想评职称,外语、计算机应用能力都要考试,论文更是必不可少的。但能够发表论文的毕竟是少数。世界最大学术出版机构之一的施普林格出版社曾以弄虚作假为由,一口气撤掉《肿瘤生物学》杂志2012—2016年发表的一百零七篇论文,作者全都来自中国,单位包括复旦、浙大、中南大学、上海交大等知名大学,闹得沸沸扬扬。于是,人们苦中作乐,开玩笑说:门卫大伯也可以评职称了,因为他一年发了两篇"国字号"论文,一篇发在《中国水库钓鱼》,一篇发在《中国阳台养花》。

2017年的好消息是,国家终于对职称评定做出改革:以职业属性和岗位需求为基础,突出业绩和能力导向,对学历、资历、外语、计算机、论文著作、科研成果、荣誉奖项等内容进行合理取舍、科学设置,探索建立指标更多元、考核更刚性的量化评价体系。外语、计算机应用能力,申报中级职称时不再作为必备条件了。

## 176

一些企业老板,爱称呼自己是"企业家"。

上市公司兰溪制药企业康恩贝老总胡季强,是全国人大代表,在康恩贝干了三十多年,却说自己只是做企业的。

胡季强说:现在社会上有这么一种现象,只要是企业负责人,尤其是民营企业负责人,常被冠以"企业家"称号。这种现象在其他行业里很少见。

他举了个有趣的例子:你见过学校负责人动辄被称作"教育家"吗?从社会心理的角度理解,这反映了全社会对经济建设这个中心的重视。但是搞企业的人自己应该清楚地认识到,做企业有财富,但富豪未必是企业家,商人和企业家是完全不一样的,供给侧结构性改革呼唤的是真正的企业家。

## 177

金华市区的百姓,最熟悉的童谣莫过于那首朗朗上口的《一粒星》了:

"一粒星,咯咯钉;两粒星,挂油瓶。油瓶漏,好炒豆。豆香,好种秧。秧无肥,好种梨。梨无核,好种栗。大栗三层壳,好种菱角。菱角两头尖,敲锣敲鼓到兰溪。兰溪角落撮(捡)着一个破铜钿(钱),掇得(拿给)姐姐买花线。花线扯扯断,买鸭卵(蛋)。鸭卵香,隔壁老嬷(老太婆)末里张(在那里看);鸭卵臭,隔壁老嬷末里咒;鸭卵一个洞,隔壁老嬷末里打地洞。"

俏皮的童谣有着跳跃式的联想,由孩子看见的星星入手,转到生活中其他的事物。后面则是典型的顶真手法,巧妙地一句一押韵,对应金华方言的韵脚。炒豆、栗、菱角都是最金华的食品,念着朗朗上口。最后讲到鸭卵,用了诙谐的排比段落,描绘了隔壁老嬷夸张的形象,甚是可爱。

## 178

"铁婺州,铜衢州"。"金华宁"遇到衢州人,会很热情地说"金衢一家人",就像说"烟酒不分家"。

但听上去总有些怪怪的感觉,衢州人肯定不买账。

中华人民共和国成立后,两个地区的行政区划曾经合并过,统称为"金华地区"。那时,衢州人也叫金华人。

"分久必合,合久必分"这句古语,也好像在说我们金华和衢州呢。虽然同在一个金衢盆地里混,但历史上,金华府和衢州府是平级的,不过也曾多次合并。

20世纪80年代中叶,衢州又一次从金华地区划出去,单立为地级市。

## 179

衢州"三头"传到金华,"金华宁"说:"鱼头还是千岛湖的正宗;兔头不多见,也吃不习惯;鸭头才是衢州招牌。"所以,金华大小饭店,衢州鸭头也是特色菜。

"金华宁"不如衢州人会吃辣,但为了吃衢州鸭头,即使辣得眼泪直流、头顶冒汗也在所不惜,只顾大快朵颐。应了那句歌词:"就这样被你征服。"

## 180

杭州不愧是全省的老大哥,金华在很多方面是在向杭州学习的。

杭州取消了西湖周边各公园的门票,金华马上取消婺州公园、儿童公园及茶花公园等所有公园的门票。

杭州建立公共自行车平台,金华马上跟进,也投放数万辆公共自行车。

杭州有快速公交 BRT,金华有样学样,短时间内,开通了四路BRT。其中,第三路 BRT 跨城,直通义乌国际商贸城。

杭州建仿古清河坊,金华就建仿古古子城。

杭州有西湖,金华随着城市发展,干脆把湖海塘水库当"金华西湖"开发,投资好几个亿进行改造。

只有一样,"金华宁"暂时具有优越感。金华在十多年前就利用水库做自来水水源,水源质量好,自来水带有甜味。而杭州人一直还是用钱塘江水作为主要的自来水水源,年年会听到咸潮的新闻。不过,杭州已决定并动工,引千岛湖的水作为杭州自来水水源,马上,杭州的水龙头流出的就都是"农夫山泉"了。

## 181

在"金华宁"观念中,杭嘉湖是鱼米之乡。

杭嘉湖地区是浙江省的大粮仓,"金华宁"也不谦虚,称自己这里是浙江省"第二粮仓"。人们习惯上把金华的婺城区、兰溪以及衢州的龙游县,合称为粮食生产的"金三角"。

但是,现在浙江是除了广东之外的第二大缺粮省,无论杭嘉湖,还是金华,粮食都已经不能自给自足了。

## 182

俗话说,"宁听苏州人吵架,不听宁波人说话",但"金华宁"认为,宁波人说话还是蛮好听的,因为金华流传"宁波简谱歌":

兰芳,兰芳(re fa,re fa),

棉纱线拿来(mi sol si do re)。

弗来拿(fa re do),

弗来拿拉倒(fa re do la do)。

## 183

金温铁路没建成时,金华就是温州人外出打拼必经的中转站。

那时,金华火车站和汽车站都在中山西路上,满大街熙熙攘攘,大半都是戴着金项链的温州人,说着金华人听不懂的温州话,小饭店也都生意兴隆,卤猪蹄卖得特别好,温州人就好这口。

"金华宁"喊温州人为"温佬",去掉"州",仿佛见老熟人叫小名,显亲切。

金温铁路开通后,火车站和汽车站生意立马减了一大半。

## 184

温州人有钱,记得有一阵子,金华各银行的负责人老往温州跑,问他们去干什么,他们回答说:"温州银行存款多,去拆借资金。"

## 185

后来,再看见温州人,不是炒房团就是旅行团。不管是炒房团还是旅行团,"金华宁"对"温佬"的好感度都不减当年。

温州人买房喜欢整层一起买,出手还是那么大气,不过也把金华房价炒高许多。

一个温州旅行团与一个上海旅行团一起来到一家金华酥饼店,温州人说:"一元钱一个酥饼,真便宜,来十筒(每筒十个酥饼)。"上海人说:"一元钱一个酥饼,真贵,我一次多买一点,来个一筒,打个折吧。"

## 186

武义这个崇尚土里刨食的本分地方,居然出了个从事时尚运动的赛车手徐浪。

当年,武义人迹罕至的乡间小路上,常常可以看见徐浪的赛车飞驰而过。

徐浪从十来岁开始玩摩托车,后介入赛车行业,成为中国最好的赛车手之一。乡人开始也不理解,认为他"败家",到最后变为全力以赴支持。

2008年6月17日,32岁的徐浪带着"飞车王"的名字,在俄罗斯参加"穿越东方"越野拉力赛时,因施救赛车而罹难,与世界告别。那以后,中国再无"飞车王",中汽联把这个名字永远留给了他。

作家兼赛车手韩寒写了很多纪念徐浪的文字,他说徐浪是"中国最好的职业赛车手",是"最调皮但最稳重最坚强的中国车手",也是自己"最好的朋友"。

韩寒专门拍了部电影《乘风破浪》,向徐浪致敬。电影主人公名字就叫徐太浪。

## 187

武义糕干独一无二,吃过一次,便无法忘怀。

改革开放后,由于各种西式糕点冲击,武义糕干有一阵淡出市场。现在讲究返璞归真,糕干又重出江湖,获得青睐。

武义糕干主要是过年不可缺少的点心,尤其是它"起高竿"的寓意,可以为来年立一个节节高的好兆头。

做糕干,既要像做米糕一样蒸,又要如薯片一般烘烤。糕干看上去像饼干,可又有糖糕的香甜。有人称它为干糕,武义人都叫它糕干。

糕干为正方形的薄片,两三毫米厚,松脆香甜,一直手工现做现卖。原始质朴的糕点,没有精美的包装,但有独特的美味、浓浓的乡情。

## 188

武义，从字面上看，有武有义，很好理解，实际却是个谜案。

明朝金华知府张朝瑞曾释名说："金华以记星，东阳以记日，兰溪、浦江、汤溪以记胜，独义乌以鸟记，而武义无记。"

由于武义县建于公元691年，也就是武则天的天授二年，现在大家普遍认为，武义县名与武则天有关。有心人一查《旧唐书》发现，武则天时期，分置、复置和改名的地方，带有"武"字的多达二十多个，如广武、武泰、武城、武乡、武兴、崇武、章武、武昌、武原等。

可见当时的郡邑，多以"武"名。

或许恰武义县东有"百义山"，故名武义。

## 189

"鸡鸣问何处，人物是秦余。"这是唐朝诗人孟浩然夜泊武义时写下的佳句。

"宣平的芋头，武义的呆头。"宣平的芋头有名，武义的"呆头"也有名。

"武义靠块土，挖一锄头吃三天，一年收成吃三年。"这句话是说武义土壤肥沃，人们尚农务本，宁为农民，不为商贾。所以，武义也有一句与金华有点相同的民谚："武义侬望不见壶山会哭的。"

"亲戚担对担，邻居碗对碗"，这话是说武义人古道热肠，待人很热情好客。

## 190

中国历史上最有智慧的人，除了诸葛亮就数刘伯温了。

武义的俞源村就是刘伯温设计的星象村。

传闻有一年，刘伯温回青田，俞源是刘伯温回老家的必经之路，俞源村的俞涞就请同窗刘伯温帮忙，对旱涝灾害严重的俞源村进行改造。

刘伯温将村口溪流由直溪改为曲溪，以溪流为阴阳鱼界线；村周十一道山岗与太极阴阳鱼构成黄道十二宫，八卦形排列的二十八座堂楼，对应星象二十八宿；村内的七口水塘（七星堂），呈北斗星状分布，俞氏宗祠正好位于其星斗内。这样，整个俞源村就与四周环绕的青山共同构成了一幅太极星象图。据说，自那以后，俞源村再未发生过水旱灾害。

**刘伯温与俞源太极星象村**

## 191

宣莲本是武义的特产，但"李逵遇李鬼，反被李鬼欺"。

宣莲与湘莲、建莲同称中国三大名莲，自唐朝就开始种植，到清代成为贡品，至今已有一千三百多年历史。2012 年，"武义宣莲"就和"西湖龙井""金华火腿"一样，申请了中国地理标志证明商标。

但由于商标意识薄弱，武义企业没有注册"宣莲"商标。持有"宣莲"商标的为福建的一家公司。这家公司主要销售建莲及相关莲子食品，与宣莲没有关系。

但福建公司手握商标，不用白不用，便投诉武义宣莲企业侵权。

这下，武义"呆头"怒了。"呆头"要反击。

武义县经济特产技术推广站于 2015 年向国家工商总局发起申请，要求宣告福建莲企抢注的"宣莲"商标无效。

当年年底，武义工商局拿到了国家工商总局商标评审委员会出具的裁定书，裁定"争议商标予以无效宣告"。这意味着，武义"宣莲"商标维权成功。

这次，"李逵"靠的是法律赢了"李鬼"。

## 192

武义宣莲好吃，但是，必须感谢浦江人。

相传，清嘉庆年间，浦江有个祝老大，躲债躲到宣平西联下塘村，在山脚开出几亩稻田。第二年，田边水中长出一朵荷花，香气扑鼻，莲子也香气沁人。从此,祝老大就以种莲为业。

一晃十几年过去,祝老大背上十几斤莲子回故乡探亲,路过金华罗店歇宿,宿费不够,就抓了几把莲子给店家。店家满心欢喜,珍藏起来。

一天,一京官省亲路过该店,店家拿出莲子煨鸡待客。客人食之甚喜,问是何山珍海味?店家说是宣平莲子煨鸡。客人说,全国闻名者为湘莲,可也无此鲜香!店家于是奉献剩余莲子,官员回京又奉献给皇帝。皇帝赞赏不已,下诏官府每年进贡十二担。从此,宣莲身价百倍,一斤竟值一担谷。于是,各地竞相种莲,但色香味皆不及宣平莲子。

所以说:喝水不忘挖井人,吃宣莲不忘浦江佬。

## 193

武义人安分守己,创业思维不足,守业有余,工业产值一直上不去。县里想了个办法,对接永康五金业,产生　鱼效应,倒逼武义工业发奋。永康人称自己为"永康鬼",称武义人为"武义呆",就用"永康鬼",促促"武义呆"。

武义县领导决定要去永康招商。开始时,就像做地下工作一样。先把武义的汽车牌照换掉,车牌从武义的1号变成普通车牌,毫不招摇,悄悄地来。永康交警以及相关部门果然没有察觉,也不设防。

县领导找了几家有号召力的永康企业,谈愿景,摆政策,永康老板被武义招商引资的诚意打动,纷纷到武义设厂。

从此，　鱼效应发挥作用，武义工业被激活，走上正轨。没几年，就取得了中国门业产业基地称号。

## 194

你泡的是温泉，还是锅炉烧的热水？这是个问题。

武义是浙江省唯一由国土资源部命名的"中国温泉之城"。武义温泉还是货真价实的。

而在二三十年前，武义人视温泉为"洪水猛兽"，避之不及。

过去，武义最著名的矿产资源是萤石，人们挖萤石矿时，经常会有温热的"废水"涌出，淹没了矿井，工人只得日夜排水，严重的时候，矿井只能报废。

后来，人们终于认识到了温泉的价值。点"水"成金，温泉成了武义开发休闲旅游的金字招牌。每年温泉带来的经济价值，已远超当年的萤石工业了。

## 195

"世界萤石在中国，中国萤石在浙江，浙江萤石在金华，金华萤石在武义。"

"萤石"又称氟石，是工业上氟元素的主要来源，是世界上重要的非金属矿物原料之一，用途广泛。发达国家把它作为一种重要的战略物资进行储备。

武义萤石蕴藏量为全国各地之最，约四千万吨，武义是全国最早开采和利用萤石的地区，开采历史可追溯到民国初年。20 世纪八九十年代，全县最多时拥有大小矿山一百一十余座，年产量约二十五万吨。21 世纪初，武义工业经济快速发展，制造业逐步代替采掘业，尤其是"生态立县"战略确立后，对矿山进行萎缩化管理，目前全县仅剩萤石矿山两座，年产量两万余吨。

"以前萤石按吨卖，现在萤石按克卖。"这句话，反映了武义作为"萤石之乡"的变化。

20 世纪 90 年代，武义"萤乡人"利用萤石艳丽多彩的特点，通过匠人精心雕琢，使之成为人们收藏和馈赠友人的佳品。据了解，萤石雕刻从技法上分，有浮雕、镂空雕和圆雕等；从工艺上分，有雕刻件、车件、抛光件、球体件以及原生态晶体件、标本件、组合件等八大类。雕刻工艺品中渗透着中国吉祥文化，其花色品种包含人物、动物、山水风景、花果、花鸟、鱼虫等五百余种。"武义萤石雕"也成了继"东阳木雕""青田石雕"之后的"浙江第三雕"。

## 196

武义人说，1934 年，国人眼中标准的"才子佳人"梁思成和林徽因，到武义度蜜月，发现了延福寺。

实际上，梁思成林徽因两人 1928 年就已结婚，何来 1934 年的蜜月之旅？其实，他们当时是受浙江省政府委派，专程考察延福寺。

藏在深山里的武义古寺延福寺，从此编入梁思成的《中国建筑史》，名扬四海。

延福寺有三奇：一是年代远；二是斗拱无钉，整幢建筑全靠斗拱传力，构件榫卯相连，不用一钉，且无一构件不受力，与摆设性牛腿完全不同；三是梁不积灰，蛛不结网，鸟不筑窝。

最终，梁林二人从延福寺月梁、梭柱及柱质等的做法入手考察，鉴定出这座奇特寺庙始建于元代。

在武义延福寺，他们也照了很多像，这一次，林徽因穿普通衣裤。从梁思成留下的照片中可以看到，林徽因一个人爬上延福寺的大梁，神情兴奋。

延福寺为目前江南仅存的三座元代建筑之首（另两座分别为金华天宁寺和上海真如寺），现为全国重点文物保护单位。

## 197

侵华日军特地为武义修了一条铁路。

当然，日军这么做，不可能是为了武义人出门方便，而是眼红武义萤石，妄图强行掠夺。

日本钢铁工业所需的萤石辅料，一直依赖以武义为主的浙江萤石矿山供应。日本侵华战争发生后，浙江的萤石采矿业纷纷停办，只有武义的璋华公司仍与日本保持商业贸易。1937年卢沟桥发生"七七"事变后，抗日战争全面爆发，璋华公司经理何绍韩，被金华警备司令部以向敌提供军事物资罪拘捕，自此矿山停产，断绝了向日本的萤石供应。

同年12月24日，杭州沦陷，日军当即派遣人员，潜入金华、武义等地,进行周密的萤石矿源调查。1942 年 5 月,日军九万人发动了以摧毁我国东部近海机场和抢掠萤石资源为军事目标的浙赣会战,在侵华日军第 13 军的作战命令中就称:"在金华一带,萤石埋藏量达三百五十万吨,武义占百分之九十,品位达百分之八十以上,居亚洲第一,每年可向日本提供十五万吨萤石,实为日本国钢铁工业之必需。"在双方鏖战十分紧张的 5 月 18 日,日军参谋次长田边盛武中将还飞抵杭州,向第 13 军面授机宜:"本次作战结束后,须确保金华以东地区占领,本次作战最希望获得的物资是萤石和铁道器材。"

为了便于运输,日军还动工兴建与浙赣铁路相连的金华至武义的轻便铁道。

从 1942 年 6 月日军筹划掠夺武义萤石资源开始,到 1945 年 3 月日军撤离武义的三十多个月中,武义合计被掠夺萤矿石达四十一万四千三百一十吨。抗战胜利后,1947 年国民政府资源委员会进行矿山调查发现,日军撤离武义时遗留在各矿山来不及抢运的萤石尚有三万六千六百二十七吨。

日军撤离时,把金华至武义的铁路拆毁,估计是要掩盖罪证吧。

## 198

扑克牌销量指数告诉我们,扑克牌销售旺,说明经济形势转好,因为口袋里钱多了,休闲娱乐的人也多了。但也有专家说,扑克牌销量越多,说明失业空闲的人越多,人们用打扑克来消磨时间,这本来就是一种没信心的表现。

武义人不管甲方乙方谁说得对，只要扑克牌销量每年都增长就行了。因为武义是中国"扑克牌之乡"。当然，这块牌子是笔者封的，正式牌子叫"中国扑克牌生产基地"。

武义县扑克牌生产起源于 20 世纪 80 年代初期，当时以"钓鱼"扑克为引领，武义兴起了扑克牌生产热潮。历经三十多年的发展，武义扑克牌在全国乃至世界都占有重要地位，扑克牌年生产销售十点五亿副，占全国百分之五十二、全球百分之四十二。

## 199

金华地区有两座古老的廊桥，一座在武义，一座在永康，两座桥是姐妹桥。

武义熟溪桥，人称"廊桥之祖"。据说，当年造桥的时候，武义、永康两个地方的人打赌，比赛谁造的桥长。

按常理，武义江在永康江下游，江面自然要宽些。武义人把桥墩往两岸陆地上挪，以此来拉长桥的长度，而永康的工匠则是把桥造得弯弯的，让桥在江中转点弯，这样桥一眼看不到头，当然也就长了。因为西津桥的这点弯曲，而武义熟溪桥笔直，永康人赢了。

永康人开武义人玩笑，说永康人能直能弯，武义人直到底。

武义熟溪桥

## 200

"垂缕饮清露，流响出疏桐。居高声自远，非是藉秋风。"这首诗写的是蝉，就是知了。

在浙江，到丽水的必修课就是吃知了。

金华地区数永康城离丽水近，所以，永康人近朱者赤，也学会吃知了。去饭店请客，有知了才算上档次，又有营养，又是药膳。

永康人把知了掐头去尾，只留中间有肉的部位，炒着吃、红烧吃，或油炸吃。有人一口气买一两百斤炒熟,放入冰箱速冻,一年四季都能随时吃。

2013 年新华社发稿称,永康一天消耗知了五吨。当地也没有这么多知了,许多货源来自衢州和丽水。

"金华宁"笑称,照永康、丽水这般吃法,迟早把知了吃成国家一级保护动物。

## 201

天下行业有三苦:"撑船、打铁、磨豆腐。"

撑船:船行风浪间,随时都有翻船丧命的危险。

打铁:日夜在炼炉旁忍受炎热,活着就如入炼狱。

卖豆腐:三更睡五更起,做驴子的工作,得仅能糊口的小钱。

永康,自古以来就是"打铁"的。所以,永康人创业很能吃苦,这种吃苦精神在八婺地区首屈一指。

很少有人知道的是,打铁这一职业又有个名称叫作"打硬"。永康人说话也像打铁,两个永康人交谈,就像一个打铁铺子摆在你面前,叮叮咣咣的,不温柔,不婉转,硬邦邦,直来直去,咋咋呼呼,铿锵有力。永康话之"硬",大家都有体会。

虽然地处江南,但永康似乎并没有多少江南的柔媚,永康的铁匠们吃苦耐劳、坚韧不拔。长久以来,这也成了永康人的性格特征之一。

也正因为吃下的苦多于吃下的饭,所以,永康人才会从打铁打锡打铜开始,打造出了一个全国闻名的五金之都,打造出了一个永康、武义、缙云五金产业集群。

## 202

在永康方言中,对周边县的人有其独特的称谓,这些称谓中,包含了永康人对自己及他人的一种综合价值判断。

永康人称自己为"永康鬼",称义乌人为"义乌牛",称武义人为"武义呆"。还有"金华牛,永康牵"或"义乌牛,永康牵"的说法,不论是谁,再牛也会被永康人牵,他们认为,只有永康人,才是牵牛人。

## 203

"家永康,卖生姜",金华人见到永康人喜欢这样打招呼。不过,永康生姜美名扬,众所周知。

永康中山村的生姜,俗称"五指姜",当地几乎家家户户都要种植。"五指姜"还与白娘子盗仙草的传说有关。

话说白娘子为了救许仙的命,好不容易从昆仑山盗得灵芝仙草,一路紧赶慢赶,想早点救活许仙。可是,由于在昆仑山与神仙斗了一场,筋疲力尽,她慌忙中撞上了永康境内的一座高山——五指岩。白娘子从山顶滚下山脚,灵芝仙草被抛在身旁的地上。不一会儿,这一片地全部长满了带块茎的仙草,就是现在的"五指姜"。等白娘子醒转,发现已满地是仙草,就挖出其中的一块赶回杭州,救活了许仙。

由于"五指姜"具有特殊的药用价值,"五指姜"的名气越来越大。一些外地来客,到永康总要买一点"五指岩仙草"——生姜带回去。永康民间俗语"一天吃得三钱姜，到老不要开药方"，也一代一代流传下来。

## 204

永康"五指姜"，居然要用"金"兑"斤"。

永康五指岩下，盛产"五指姜"。古时候，永康中山村姜农卢岳海挑着"五指姜"到处州府叫卖。刚巧，府太爷的女儿患了风寒病，经名医切脉，认为非有"五指姜"入药不可。当时，府太爷一家正为此事发愁，忽听门外传来叫卖"五指姜"的声音，府太爷急忙派人把卢岳海叫来，问明价格，说是"五指姜"要"斤"兑"斤"。本意是一斤米兑一斤姜，府太爷却误认为是一斤金兑一斤姜。府太爷为救女儿的命，慷慨地用一公斤黄金换来了一公斤"五指姜"。府太爷的女儿服姜后，果然恢复了健康。

从此，"五指姜""金"兑"斤"的事就传开了。

## 205

永康的名字有些来历：永康置县于公元 245 年，也就是三国东吴赤乌八年，相传孙权之母吴国太后因病到此进香，祈求"永葆安康"，故名"永康"。

## 206

半个时辰就能到山顶打个来回的方岩山,因胡公红遍天下,每年的游客上百万,连毛主席都知道方岩的胡公。

1959年,毛主席专列由庐山返京途经金华,他在接见部分地市领导时说:"永康不是有块方岩山吗?方岩山有个胡公大帝,香火长盛不衰,是出了名的。"又说:"胡公不是佛,也不是神,而是人,他是北宋时期的一名清官,他为人民办了许多好事,人民因此而纪念他。为官一任,造福一方很重要啊。"

永康百姓倒也知道感恩。胡公的生日要祭奠,平日也香火不断。胡公渐渐成了"有求必应,有祷必答"的神仙,信奉者遍及江浙,影响远播周边省市。方岩的岩上、岩下及周边百姓由此致富,民谚说:"吃胡公用胡公,离了胡公精荡空。"

## 207

永康面积与周边的县市区比,远不如东阳、义乌、婺城区、兰溪,总面积只有一千零四十九平方公里,比较小。

但永康人心却很大。

永康民间俚语"府府县县不离康,离康不是好地方",说明当年永康五金工匠敢于闯荡江湖,心有所至,足定至之,天下就是永康人的天下。

永康还广为流传《永康地景赋》,永康当地有历山、荆州两村,在永康人口中成了"历山系禹舜躬耕之地，荆州乃关公坐镇之方"，而区区河南、山西、太平、长安都是永康的村落，就成了"河南、山西，一县兼管两省；太平、长安，两郡不过两乡"。

## 208

在金华，听到提起永康人通常是两种口吻：永康人啊，有钱；永康人啊，一个铜钱一条命。这两种相悖的观点总让人有些哭笑不得。细究起来，一个铜钱一条命应该是永康人的"前世"，有钱则是永康人的"今生"。从前永康的贫穷程度，在金华各县市中大概也是数一数二的。这里不是温柔富贵乡，而是艰难的百工之乡。因为人多地少，为了养家糊口，永康的工匠们不得不背井离乡，在外漂泊，打铁打锡钉秤补铜壶。对于穷得叮当响的人来说，一个铜钱一条命是无奈，也是辛酸。至于"永康人啊，有钱"，正是穷则思变的结果。套用那个经典段子，如今在永康，一个花盆砸下去，砸到的十有八九都是大小老板。

虽则有钱了，也许是血液里流淌着艰苦奋斗的基因，永康人似乎不太会享受。有金华人到了永康就很郁闷，金华的饭店总是人满为患，在永康，却难以找到那些惠而不费的饭馆。

永康人都不在外吃饭的吗？

## 209

据说，永康媳妇应知应会的基本功，第一条就是要会做永康肉麦饼。如果不会，是可能会被休掉的。

永康肉麦饼与武义肉麦饼、金华雅畈饼,走的是同一路线。特色就是肉馅加干菜,或肉馅加雪菜;同时,烤饼时锅内不放油(这一点特别符合当代人的健康理念)。

一些永康人说,胡公喜欢吃肉麦饼,所以饼又叫"胡公饼";另一些永康人说,陈亮喜欢吃,所以叫"状元饼"。

其实,不管叫什么,味道好才是硬道理。金华地区各县市饼食,品种繁多,山头林立,最突出的当然是"带头大哥"金华酥饼,然后,兰溪鸡子粿和永康肉麦饼可以排在第二梯队,其他的都要往第三梯队去了。


## 210

据说,与永康人打牌,打"红五"或"百分",如果永康人放底牌,一般不放分,因为永康人特别舍不得低分被别人缴获。

这就是"永康底"的来历。


## 211

清朝永康有个才女,像彗星般疾速划过。

吴绛雪,顺治年间出生于浙江永康书香门第。她9岁通音律,闻乐则歌;11岁成诗,情景交融;12岁以诗入画,见者皆惊。略长,姿容秀丽,国色天香。才女之名,名动天下。

她擅写中国文学史上有名的十字回文诗,每首诗只有十个字,但可以沿前循后,反复成句,颠倒成文,或五言,或七言,能够读出不同的意境。比如她的十字《咏夏》诗：

香莲碧水动风凉夏日长

可以读成七言诗：香莲碧水动风凉，水动风凉夏日长。长日夏凉风动水，凉风动水碧莲香。

也可以读成五言诗：香莲碧水动，风凉夏日长。长日夏凉风，动水碧莲香。

这就是中国古典回文诗的魅力，是中国古代女才子最喜欢的文字游戏。

## 212

清康熙十三年，吴绛雪 25 岁，居于浙江永康城。是岁，耿精忠起兵于闽中，其部下十大总兵之一的徐尚朝驱师至永康，扬言屠城，但称：以绛雪献者免。

徐尚朝声称要血屠永康城，杀光满城老小。但如果献出美丽的女才子吴绛雪的话，情况就例外了。

吴绛雪年谱中称：邑人聚谋，欲以绛雪纾难。

这句话的意思是说，永康城中一些人积极奔走，商量把她给徐尚朝送去，这样的话，永康之围可解，众人可逃过一死。

闻此，吴绛雪的内心想必十分复杂、无助、绝望。这不就是永康版的"羊脂球"吗？但吴绛雪比羊脂球更有主意。

记载中称，吴绛雪得知此事，只称：好吧，我去。

徐尚朝大喜，立即派了两个老太太和十几名士兵，牵着马来接吴绛雪。

行至三十里坑，吴绛雪说感觉口渴，让护送她的士兵去溪涧里取水。趁押送者疏忽之际，她突然策马疾驰奔向山崖，纵马冲向高空。

烈马悲鸣，绝世才女坠崖身死的这幅画面，从此在中国历史上定格。

后人评述：盖捐一身以全一邑，非寻常节烈比也。

## 213

在金华永康舟山镇铜山村，有一户人家兄弟姐妹十三人，其中排行最小的是一对双胞胎，这十三个兄弟姐妹的属相竟然十二生肖齐全，非常神奇。

程振谱是这户人家中排行第十一的兄弟，属羊，目前在永康城西新区办有一家衡器厂，他后面是一对双胞胎弟弟，都属鸡。在他前面还有七个姐姐、三个哥哥。在他父亲程金邦还在世的时候，有一次，一位乡里的干部和他父亲聊天时，发现了这一现象。

程振谱的大姐生于1947年，生肖属猪，二姐生于1949年，属牛，三姐、四姐以及后面的兄弟姐妹分别相隔两年出生。依次排列下来，十三个兄弟姐妹，他们的属相刚好凑齐了十二生肖，令人称奇。

铜山村前任村书记程金台说，他们兄弟姐妹就将十二生肖凑齐了，这是一件很难得的事情，这种概率真的很低，因为生育的事情不太可能按照一年一个。

有一年铜山村建造一座慈恩寺，程振谱兄弟姐妹十三人在老父亲的带领下,每人捐了一千元,事后还把各自的姓名和生肖刻在寺庙的石碑上予以纪念,看到的人纷纷称奇。程振谱说:"每一个儿女都赞助一千,把十二生肖也刻上去了,很多人一看就惊呆了。"

程振谱还突发奇想,打电话去申报世界吉尼斯纪录:"我曾经去申请过吉尼斯纪录,那个总部给我回话了,他说这个确实绝无仅有,找不到的,但是吉尼斯纪录是一个世界性的东西,而十二属相只有中国才有,这个跟吉尼斯纪录有点不相关。"

尽管如此,同父同母生育出十三个儿女,并且十二生肖齐全,的确罕见。

## 214

陆游《游山西村》诗曰:"山重水复疑无路,柳暗花明又一村。"

磐安人说,这两句诗,写的就是磐安风景。

历史上,陆游多次到过东阳及磐安,也留下不少有据可查的诗句。《金华府志》(康熙二十二年重修本)卷二十一《流寓》载:陆游,字务观,山阴人。仕至宝谟阁待制,长于诗。幼从父避乱东阳之安文,题咏最多,遗墨尚存。安文就是磐安县县城所在地。

磐安有人考证说,陆游曾三次到磐安,第三次来磐安安文的原因是"庆元党锢"事件,当时他已经 70 多岁,因受到迫害,来安文避难。先住在海螺,后来他还以为在大路边上不安全,怕被韩侂胄的党羽发现,又搭茅于小竹岗。在小竹岗还写过一首《鹧鸪天》词。古称小竹岗其地为山西村,因在安文之西而得名,后因年代久远湮没而无闻。

此次避难,陆游留下了名闻天下的《游山西村》。诗曰:

莫笑农家腊酒浑,丰年留客足鸡豚。

山重水复疑无路,柳暗花明又一村。

萧鼓追随春社近,衣冠简朴古风存。

从今若许闲乘月,拄杖无时夜叩门。

磐安人的这个说法不知真假,但有一点是真的,现在去磐安,必须过一条长长的隧道,然后才会豁然开朗,美丽的小城呈现在眼前,果然有"柳暗花明又一村"的意境。

## 215

过去有人说,磐安多山,是金华的西藏;现在大家观念更新,说磐安"绿水青山就是金山银山"。

磐安号称生态大县,天然氧吧,$PM_{2.5}$ 年平均浓度三十二微克/立方米,负氧离子含量平均浓度每立方厘米超过一千六百三十个,景区森林环境空气负离子数平均值达每立方厘米一万八千零六十个。

磐安人灵机一动,做起了卖空气的生意。

有个叫羊杰的年轻人,生产和叫卖磐安压缩空气罐头,一年居然卖出两三万罐。不过羊杰说,希望自己的生意越来越差,这样的话,就说明全国空气质量越来越好了。

## 216

不说不知道,一说吓一跳。

孔子后裔除了在山东曲阜和衢州外，还有一支在磐安。距磐安县城南部三十八公里处的榉溪村，便是江南孔子后裔最大的聚居地，有三百六十多户一千一百多人。

孔氏落地磐安，由一棵树指引。

榉溪村那棵郁郁葱葱，被村民称为"太公树"的大树，是一棵南方红豆杉，距今已有近九百年，2015年被评为全国百棵名木之一、"浙江十大古树"。

据传，北宋末年达官显贵们大逃亡时，孔子四十八代孙孔端躬临行前专门到曲阜孔林，向列祖列宗告别，并挖掘一棵南方红豆杉随身携带。当时北国沦陷，有家难返，前途未卜，孔端躬遂发愿说："何地植土生长者，即吾孔氏新址也。"进入江南后，每到一处，只要稍作停留，孔端躬便将木苗植于土中，凭其是否生根发芽作为去留的依据。他父亲孔若钧在榉溪去世后，孔端躬发现木苗已经生根发芽，以为此乃天意，于是决定在此定居下来。这棵树也就成了后人眼里的"太公树"。

村中古朴的孔氏家庙，已是全国重点文物保护单位。

## 217

磐安是浙江"药都"，磐安人当然就是"药王"啰。

传统"浙八味"药物，磐安占据五味。

磐安县内全境共有药用植物一千二百多种，是浙江省最大的中药材主产区，也是国内知名的中药材集散地。浙江优质药材众多，其中以"浙八味"最为有名，磐安盛产其中的五味，便是俗称的"磐五味"：白术、元胡、浙贝母、玄参、白芍。其中,白术、元胡、浙贝母、玄参加上天麻,产量均占全国两成以上。

磐安人"喜新不厌旧",评选了新"磐五味":天麻、铁皮石斛、三叶青、玉竹、灵芝。

建在宅口村的药材市场,是华东最大的中药材集散地之一,市场大门处赫然写着:中国药材城。

磐安朋友说,还是称"江南药镇"贴切。

## 218

用一句简单的话概括磐安炼火:赤着脚在火中跑来跑去。

语言学家说,炼火的"炼",在金华话中应该是"躐(liè)",是奔跑的意思,比如"奔跑吧兄弟",读成金华话就是"快点躐,哥弟"。

"火能烫坏皮肤,可人光着脚踩上去都无妨,有什么窍门吗?"这是每一个磐安炼火的观看者都想知道的。

炼火者除了勇气和胆量外,还要凭经验并掌握恰当的火候。

磐安炼火为民间自发的庆丰收、辟邪、祈福之活动。

夜幕降临,炼火表演便开始了。炼火时,参与者作古代勇士打扮,一字排开,气势雄壮地围着火场。火场由一百多担燃烧的炭组成。当丈余长的"先锋"长号仰天吹响,顿时锣鼓、鞭炮大作。"壮如山、气如虹"的炼火勇士用红绸裹头,赤膊赤脚,仅穿一条短裤,手执钢叉,从"北门"赤脚踩入火坛,又急速从"南门"踩出,在穿过火坛时表演"十字插花""双龙出水"等高难度动作,在火上做出腾挪的舞姿,展现远古野性的美。第二轮又改从"南门"进"北门"出。到后来,"炼火"者越来越多,本来在旁边观看的村民也会一个接一个跳进去舞之蹈之。

此时进场的普通民众不需要赤脚,他们在火炭上鱼贯而过,脚跟下火光四溅,十分壮观。

## 219

磐安尖山镇管头村,村中老旧房子就地取材,采用两亿年前乌黑的火山石垒筑。

街巷路面也由乌石铺就,还有乌石洗衣盆、乌石捣米臼等。

黑色的玄武岩,无规则地堆砌成墙,古朴又略带神秘的建筑,吸引着八方来客,以前冷冷清清的山村顿时热闹起来。

游客觉得"管头村"名字不好记,都称其为"乌石村"。一传十十传百,村民也懒得解释,更不愿拂游客之意,干脆在村口的迎客石上,大大地写上"乌石村"。

现在到磐安,如果问"管头村"估计知道的人不多,而说"乌石村",则基本都知道。

## 220

全省到处都有工业园区,若论哪个园区海拔最高,唯有磐安工业园区。

磐安工业园区,平均海拔在五百米以上,是浙江海拔最高的工业园区。

海拔高,企业飞得也高,是"隐形冠军"。

园区坐落于金华、绍兴、台州三地交界的尖山镇,创建于 2002 年,其前身为金华市塑料软管特色工业园区、浙江省塑料软管工业专业园区,有"中国塑料软管城"之称。

园区现有以塑料工业为主的企业三百多家,生产空调保温管、脱牌油烟机管、吸尘器管等一万多个品种的产品。产品在国内主要与海尔、格力、美的等大中型企业生产的家用电器相配套,占领国内市场百分之七十以上的份额,号称"一根管子通天下"。

## 221

重视承诺、安于清贫、古风犹存,恐怕只有磐安人能坚持如此,义乌、永康人会觉得不划算,金华、兰溪人会觉得太清苦。

磐安文化干部朱颂阳就是这样一个人。他为了承诺离开工作岗位,埋头创作,写出长篇小说《剑啸江南》。

写这本书的起因,其实只是源于一次很随意的聊天。朱颂阳不熟悉电脑,有三个大学生,经常在寒暑假帮他打字整理文稿。一次,有个学生突然提议说:"朱老师历史知识渊博,你写部武侠小说吧,我们年轻人喜欢。"朱颂阳当即答道:"好啊,写就写。"当时看来,这只是一句玩笑话,朱颂阳后来却当真了:人家把自己尊称为老师,老师说话一定要算数。对于南明史颇有研究的朱颂阳,想到明末清初在磐安境内的"白头军起义",决定以南明鲁监国时期为背景,以浙江尤其是浙中为地域范围,虚拟武林人士加上历史人物进行创作,终于创作出版了《剑啸江南》。

当年 48 岁的他，提早办理了内退手续，告别县城，躲进离县城不远的一个农村老宅里。他的初衷是写几本书，但文化馆杂事很多，鲜有自己的时间，要等到 60 岁才能退休，他等不起，怕到时候没有精力写。

"朱颂阳活得非常潇洒，我对他是'羡慕嫉妒恨'。"红旗出版社一位老总曾这样评价说，"他与乔布斯是同一类人，只为自己而活，而且，都创造了令人震撼的另一个世界。"

## 222

世界上有这样一支笔，它是神来之笔，点石能成金，描帆能破浪。

浦江人洪汛涛，就亲手创造了拥有这支神笔的"神笔马良"。

在《神笔马良》中，马良勤奋好学，得到神笔，为穷人服务，解决他们的困苦，不畏朝廷，巧斗皇帝，最后远走高飞。故事曲折紧张，人物形象饱满。

至今，各种版本的《神笔马良》在海内外不断出版，好评如潮，成为 20 世纪中国经典童话中不可多得的名作，并为世界所接受，也是公认的世界儿童文学名著。

洪汛涛把《神笔马良》的全部稿酬捐献给家乡，也把"神笔马良"铜像永远留在了家乡浦江的塔山公园。

## 223

中国文学史上第一个大规模诗社月泉吟社，诞生在浦江。

七百多年前，宋灭元立，浦江的南宋遗民吴渭、方凤等人志同道合，成立月泉吟社，拟定社约社旨，作诗抒怀，怀宋抗元。

他们举办了中国历史上文人社团的第一次大型征集诗歌大赛。

月泉吟社于元世祖至元二十三年(1286)十月十五日，向各地发出诗题《春日田园杂兴》，至次年，共收五言、七言四韵律诗二千七百三十五卷。经评定，选中二百余名揭榜。征诗题意，须在"春日田园"上作"杂兴"，要求创作者借兴以委婉地抒发自己的遗民情怀，像杜甫以《秋兴八首》来反映安史之乱等严酷现实那样，做到"意与景融，辞与意会"。

七百多年后，浦江人民对诗歌的兴趣持续高涨。2016年，中国诗歌学会与浦江县政府签订了共同打造"诗意流淌的地方"战略合作协议。2017年，在浦江县大畈乡上河村，全国首个诗人小镇在这里揭牌。

## 224

享有"中国书画之乡"美誉的浦江，自古至今画坛大师辈出，代代有丹青妙手，堪称浙江画派的重要一脉。

据《浦江县志》载，自宋元起，该县享誉画坛的人物就不下百人，及至近代，又有张书　、张振铎、吴茀之等。张书旂的《百鸽图》1941年

金华有意思

由当时的国民政府赠予美国总统罗斯福后,深受罗斯福喜爱,并悬挂于白宫。罗斯福去世后,《百鸽图》移至罗斯福总统图书馆永久收藏。在当代画坛,中国美院教授张岳健,中央工艺美院(今清华大学美术学院)教授张世简,曾任中国美术家协会浙江分会副主席、浙江省花鸟画研究会会长等职的柳村,国家画院国画院副院长、中国美院博士生导师吴山明等名家可谓各领风骚。与此同时,浦江籍书画家更是遍布全国各地,形成一个可观的创作群体。

## 225

人们都说,"心有多大,舞台就有多大",而浦江潘周家村村民却说,"锅有多大,面条就有多长"。

潘周家村位于浦江檀溪镇,是一个有着四百多年历史的古村落,村子被群山环绕,山清水秀。村内十几座建于明清时期的厅堂保存完好,堂内挂灯笼结彩球,大小横梁气势壮观。潘周家村的祖先从北方迁到此地,拉面跟着传了过来,手工面制作工艺便一代一代传承下来。现在村里五百余户,家家都会做面。潘周家村制作的手工面又叫长寿面,一斤面粉可以拉一百多米长。

潘周家村一百六十多名村民来到电视节目《中国梦想秀》的舞台,拉面师傅当场用两斤面粉拉成二百多米长的面条,由一百六十四位村民每人手握一段,绕演播厅一周。主持人当场还截下一段面条跳绳,一段时间跳下来,面条也未曾扯断,获得满堂喝彩。

## 226

浦江张姓比较多,号称"张半县,陈北郭",姓陈的只占据北部檀溪一带。民间一直认为,浦江檀溪陈姓是由方姓改过来的。

旧日民谣传"义乌出个宗泽公,浦江出个方腊败门风"。传说淳安的方腊起义失败后,朝廷怀疑他与浦江方姓有牵连,派钦差于正月十五秘密来到浦江查访,密令当地官员,凡灯笼上写有"方"字的,皆定为方腊族人,一经查实,格杀勿论。浦江地方官考虑到当地方姓人口众多,株连太广,于是秘密通报方姓族人,灯笼上写"方"字的,一夜之间全部改成"陈"字,朝廷只好作罢。

陈氏后代不认这个故事。据《檀溪陈氏宗谱》记载:北宋仁宗天圣年间,陈硕由湖州乌程游历至浦江,暂居浦北檀溪镇寺前村湖田,后入赘于距湖田五华里的车方(今檀溪镇会龙桥附近)应韶公家为婿。因应韶公无子,为续其香烟,子孙遂从方姓。陈硕乃檀溪陈氏第一世祖也。六世祖玥公,宋徽宗朝任都督府参军,正是由于他光明正大的奏请,才让皇帝同意了"方复陈",与方腊并无干系。

## 227

浙江省的"五水共治",应该从浦江开始。

不是因为浦江水好,而是浦江的水太差了。

来到浦江,一定会听到"牛奶河"故事。

二十多年前,虞宅乡请到几位上海师傅来传授水晶加工技术。上海师傅去过好几个地方,开始不看好浦江,没想到,"无心插柳柳成荫"。其他地方没成,浦江却捣鼓成了。

从此,浦江的水晶加工业从无到有,发展迅猛,成为县里的支柱行业。

但好景不长,因为技术粗糙,水晶加工产生的废料被直排入沟渠,流入江河,使河水呈乳白色,看上去像牛奶,却散发臭味。那时,浦江每天有一点三万吨水晶废水、六百吨水晶废渣未经有效处理而直排,导致固废遍地、污水横流。数据显示,治水前,浦江共有四百六十二条牛奶河、五百七十七条垃圾河、二十五条黑臭河,全县百分之八十五以上水体受污染。

发源于县境西部天灵岩南麓的浦阳江,被称为浦江人的"母亲河"。浦阳江自西向东流,于白马镇出县境入诸暨市,至萧山汇入钱塘江;浦江的第二大河流为壶源江,壶源江于檀溪镇出境,进桐庐至富阳北入富春江。由于两条大河都成了"牛奶河",出境水都是劣五类,全省倒数第一。

当地政府痛下决心,关停一万多家企业,集中办水晶工业园区,升级企业规模和技术,统一处理污水。现在只剩一千多家水晶企业,产值反而近百亿,远超过去。

通过下大力气治理,"牛奶河"变成清澈水,当年的县领导也因治水有功,评上全国百佳县委书记。

## 228

来到浦江郑宅"江南第一家"游览,不少人会问:为什么只是江南第一家,难道还有江北第一家?是谁赐的匾?

正史都说,洪武年间,皇帝朱元璋赐匾浦江郑门"江南第一家"。

但野史和民间传说,元朝元顺帝也曾赐匾。

元顺帝也是为了表彰郑家,兴冲冲写下"天下第一家"牌匾相赐。大臣知道后问皇帝:"那圣上是第几家?"元顺帝如梦初醒,派兵赶往浦江郑宅,欲灭郑门全族,取回"天下第一家"牌匾。

重兵团团围住郑宅,发现大门上的牌匾写的却是"江南第一家",郑家也不承认有"天下第一家"牌匾,将领无奈回京复命。元顺帝见郑家如此识趣,就不再追究了。

原来,郑家私塾有位厉害先生宋濂,他见到"天下第一家"牌匾,知道太过招摇,会招致血腥,当即将牌匾改为"江南第一家"挂出,帮郑家躲过一劫。

## 229

仙华山绝对是浦江的"镇县之宝"。

从浦江城远眺仙华山,只见秀峰玉立,如诗如画,人人见了都想攀登之。

登顶那一段是最精彩难忘,山峰九十度直立,需手脚并用方能上去。

20 世纪 90 年代,在山腰看相算命的"张半仙",生意兴隆。据说有关部门曾想要取缔,考虑到仙华山旅游刚刚起步,不少人慕名而来,多少带动人气,遂适当予以约束,并未断其生意。

印象当中,流传的张半仙的价目表很吊诡:十分钟一百元,八分钟三百元,五分钟五百元,三分钟一千元。

浦江仙华山

## 230

浦江迎会,惊险刺激。

活泼的三五岁孩童穿上戏服,悬立在特制的铁架上面,整体安置于长宽一米二的方桌之上,由七八名青壮年汉子抬着会桌。孩童静止时像凌空高悬的杂技雕塑,活动时又宛如一场场活灵活现的戏曲表演。整体前行时候颤颤悠悠的,人像是随时会翻落下来,十分惊险,让人看了心脏扑通扑通直跳,堪称"华夏一绝"。

浦江迎会由会桌、会扛、会栅、抬会人、站会小演员组成。会桌呈方形,边长一点二米,桌板厚二十到一百厘米不等。虎头脚,四脚高一米,桌面四周设栅栏,用于安装会栅。会栅一般高二至三米,有的高达四至五米。会栅的设计决定着一台"会"的险、奇、巧程度。会栅制作一要讲究隐秘性,一定要被站会的演员服装遮盖住,不让观众看到;二要讲究牢固性,安全第一,站会的演员在三至四米的空中,里面支撑他们的铁栅一定要结实;三要讲究合理性,演员站立的位置和会栅受力的程度,要通过力学原理进行精心计算。

我一朋友看了迎会,老为那些孩子担心:尿急怎么办?估计他不知道现在有"尿不湿"。

## 231

浦江人喊女人为"女客",顾名思义,是女的客人。其实,女客从不把自己当客人,甚至比"主人"还会护家,轻易惹不起。

有民间故事为证:有个农民,一天在路边的田里插秧,正巧邻村有个花花公子,骑白马从田边经过,看见农民低头插秧,便高声讥讽他:"种田佬,种田佬,种田种到老,不晓得田里插了几孔稻!"

这样一遍又一遍地唱着、笑着,农民气极了。中午收工回家,他把这件事告诉了老婆。女客听后发火说:"你怎么这样无能,当时为何不噻(方言,骂的意思)几句还他呢! 好,等这家伙回来路过时,让老娘来收拾他。"夫妻吃罢午饭就同去田畈,丈夫下田继续插秧,老婆在田塍上除草等候。日落西山时,花花公子骑着白马原路回来了。

没等他到田边,农妇便两手叉腰,高声讥讽道:"骑马佬,骑马佬,骑马骑到老,不知马上几根毛!"花花公子一听,红着脸骑马溜走了。

## 232

唐诗有"还君明珠双泪垂,恨不相逢未嫁时"的名句,东阳卢宅边上有个"还珠亭"。各位看官是不是感觉这个亭看起来太有故事、太浪漫了?

仔细一了解,才明白,原来只是个拾金不昧的故事。

元末时,东阳玉山一个姓李的被人诬陷入狱。李家小儿变卖了所有的田地家产,换成珠宝后准备到金华府为父亲申冤,路过卢宅村东休息时,竟把包裹遗忘在大樟树下了,被卢宅村孤老卢岘民发现,卢岘民将财物尽数奉还。不日,李小儿到金华府打官司。经三堂会审,许以珠宝赎罪,父亲平安出狱。后来,李小儿努力读书,考中进士做了官。他几次要把卢岘民接到家中赡养,卢岘民执意不受报。过了不久,李小儿就在卢宅村东面的樟树下建造了一座亭子,取名为"还珠亭",并在亭内镌刻两副对联:"行道皆知,有子何如无子寿;不贪为宝,还珠正是得珠人。""末路感深恩,当年神契暗能语;遗碑传逸事,此日风闻顽也廉。"

如今,还珠亭已经成为全国重点文物保护单位,是卢宅的组成部分。有资料介绍,现存的还珠亭建于清乾隆十四年(1749),光绪十年

(1884)重建。

故事虽不浪漫,却也感人。好人,好亭。

## 233

北京有"北漂",金华有"横漂"。

"横漂"特指在横店参加影视剧拍摄的外地人士,该范围不包括外地来横店工作的普通人和横店本地人。

横店本地人口不足十万,却是亚洲最大的影视拍摄基地。截至2016年,在演员公会注册过的"横漂"就超过了四万人。其中,女性占百分之二十。女性虽稀缺,但女"横漂"戏份少,男"横漂"还是占据优势。

"横漂"分群众演员和特约演员,还有外围武行。群众演员处在最底层,跑跑步,站站岗,收入不高。特约演员和外围武行属"技术型人才",特约,能上镜,有台词。做场务,虽然比较累,但包吃包住比较有保障。

"北漂"中出了王宝强这样的大腕,"横漂"还在努力中,但"横漂"的努力,成就了横店。

香港导演尔冬升,被"横漂"感动,还以"横漂"为主题拍摄了电影《我是路人甲》。

"横漂"一族

234

　　林子大了,什么鸟都有。"横漂"人多了,奇葩也来了。

　　孙红雷主演的《潜伏》中居然冒出一个真正的潜伏高手,孙红雷居然和一个逃犯共同演出著名的谍战剧《潜伏》,他是谍战剧《潜伏》中的"盛乡"。"盛乡"的演员叫张国锋,真名吉世光。

　　1998 年 12 月 6 日晚,齐齐哈尔市公安局铁锋分局刑警杨某被几名歹徒抢劫,人被打伤,枪被抢。案发后,公安机关及时抓获三名案犯,另一名犯罪嫌疑人吉世光却潜逃了。

　　吉世光逃跑后到处流窜,最终在东阳横店落脚,觉得在这里不会引人注目。他有播音、主持的经验,文艺天赋比较高,当演员又比打工强,于是就在横店影视城化名"张国锋"潜伏了下来。他最初靠当群众演员谋生度日。由于吉世光确实具有表演方面的天赋,为人又很"仗义",受到了不少导演的喜爱,曾有大导演让他出演多部电视剧的配角。就这样,他逐渐成了有一定知名度的特约演员。吉世光先后在《潜伏》中扮演保密局档案股股长盛乡、在《东方红 1949》中扮演大特务严慧、在《神医大道公》中扮演大太监崔然,在《武则天秘史》《唐宫美人天下》等剧中也扮演了配角。

　　2011 年 12 月,吉世光被东阳警方抓获。

　　直到落网前,他还在电视剧《少林猛虎》中扮演和尚,该剧已经拍了三十多场,导演想找他继续拍摄时,发现演员"张国锋"已不见踪影。

　　几乎同时,湖北宜昌市公安局经侦支队也从横店拘捕了一名涉嫌侵占公司财产的孙姓逃犯,被抓时在其身上找到了"横漂"的用工单。

　　为了防止逃犯潜伏现象发生,横店警方开展了专项排查行动,对横店影视城的"横漂"进行身份核查登记,制定制度,加强管理。

235

　　横店影视城除了演员"横漂",还有动物"横漂"。

　　最有名的要数附近永康西溪镇的一条马犬"豆豆"。

　　"豆豆"有自己的经纪人。第一次,它的出场费为五百元,由于温顺聪明，它入戏特别快，动作表演基本一次完成，剧组都喜欢找它，现在的出场费已涨至五千元了，而且它的两场戏一个小时就能拍完。

## 236

一亿年前，浙江大地上曾生活过恐龙。但大毁灭来临之前，恐龙已经大面积迁徙。浙江省水文地质工程地质大队和省自然博物馆联合申报的"浙江省恐龙化石地质遗迹调查与评价"项目，获国家国土资源部科技二等奖。项目认为，恐龙的生活范围只占浙江省面积的百分之十不到，在恐龙资源并不丰富的浙江，找到恐龙化石，要讲缘分。

东阳就有这个缘分。

2007年，东阳汽车西站附近，居民李永财在自己的荞麦地里，发现了一块骨头形状的石头，随即报告了博物馆，后来确定这是白垩纪早期地层包裹的恐龙脊椎骨化石。

后附近共发现七十多块化石，为浙江之最。经过专家修复，搭建还原了这只恐龙原型，并建造了恐龙博物馆，东阳成了本省难得的"恐龙之乡"之一。

## 237

义乌，由乌而得名。

义乌于秦王政二十五年（前222）建县，名"乌伤"。

西汉经学家、文学家刘向在他所著的《说苑》一书中载："颜乌，乌伤人。亲亡，负土为大冢，群鸦数千，衔土相助焉。乌既死，群鸦又衔土葬之。"这是历史上关于颜乌的最早记载。颜乌以其感天动地的孝德备受历代推崇,据说"乌伤"便由颜乌的故事而来。

义乌是金华地区的"母县"。

汉献帝初平三年(192)分割西部辖境,设置长山县(即后之金华)。

三国吴赤乌八年(245)分南境,置永康县。

吴宝鼎元年(266),分会稽郡西部设东阳郡(郡治长山),乌伤县属东阳郡。

唐武德七年(624)改名义乌县。

武则天垂拱二年(686)析义乌县东境设东阳县。

唐天宝十三载(754),又分县境北部及兰溪、富阳各一部分,设浦阳县(今浦江县)。

义乌就这样,把自己土地不断贡献出来,金华的"八婺",要么直接,要么间接,都诞生于义乌的怀抱。

## 238

有几年闹旱灾,金华街头经常会看到义乌小商品城的大小老板,或驾车或打的赶到金华,随便找一家宾馆开房,洗一个澡,然后又匆忙赶回义乌了。

金华地区数义乌的蓄水条件最差。以前最大的水库岩口水库只有近三千万方的库容。之后,义乌人投资一点五亿元,建成了总库容量为三千六百七十四万方的八都水库,但还是远远不能满足城市发展需求,水量捉襟见肘。因为经常停水,外地客商夏天都怕来义乌。

就金华地区而言,东阳的水利条件最好,金华地区两个最大的水库都在东阳,其中,横锦水库总库容二点七四亿方,南江水库总库容一点一六八亿方。

2000年,义乌向东阳提出了买水权,开了个当时诱人的价格:二亿元。似乎无法拒绝,双方签订协议。

合同的主要内容是:由义乌市出资二亿元人民币,一次性买断横锦水库五千万立方米水的永久使用权。水质要求达到国家现行一类饮用水标准。

另外,引水工程投入全部由义乌负责,通水后义乌还需每年付给东阳五百万的综合管理费。

2005年,引水工程完工,正式通水。

义乌等于花二亿元,在市境外造了座库容五千万方的水库。

估计现在双方都有点后悔,买方后悔当时为什么不多买点,卖方后悔卖得太便宜了。

但是,无论怎样评价这次水权交易都不过分,这肯定是国内一次创造历史的交易。

## 239

过去义乌谚语说,"义乌只有穷人没有怂人",现在,义乌人自豪地说,"义乌没有怂人也没有穷人"。"怂人"指的是不动脑子,又不努力的人。"怂"是屈服、认输之意。一个人没有血性,就成了面团,任由命运拿捏,是"怂伱"一个。

当年笔者曾采访大陈镇一位老太,丈夫去世,独自一人在车站门口摆摊,生活拮据,欠下不少债。她发现,许多外地客商来大陈采购服装时,都会找她问路,她也会热心地把客人带到工厂。服装厂见状,纷纷主动联系老太,介绍自己工厂的服装款式、价格等信息,并开出佣金。老太干脆歇了摊位,专心致志做起了"信息专业户",带路不出一年,还清债务,成了当年不多见的"万元户"。

只要"不怂",就能改变命运。

## 240

"义乌拳头",威名远扬。

《金华市志》记载着民间流行的"义乌拳头,金华甜头,兰溪喷头,武义芋头"之俗谚。

另外,在民间还流传着多种版本的说法。之一是:"兰溪码头,东阳嗉头,义乌拳头。"兰溪为三江汇流之处,故而以码头闻名。东阳人以前穷得很,但出门前把自己打扮得很得体,所以说是嗉头好。之二是:"义乌拳头,东阳笔头,兰溪唬头,金华派头。"之三是:"金华唬头,兰溪埠头,义乌拳头,东阳刀头,永康炉头,武义芋头。"以上各种版本,具体到金华、东阳、兰溪等会有不同的说法,但与义乌相连的始终是拳头。这说明,义乌拳头是大家所公认的。

明朝"戚家军",主要从义乌招兵。描写戚家军的书和影视剧很多,这里按下不表。

翻译《共产党宣言》的陈望道是义乌人,他身材并不魁梧,在众多人的眼里，是一个不折不扣的书生，不会将他同武夫相提并论。其实，陈望道是一个文武兼备的人。

少年时，陈望道在家乡念书，并学练武当拳，会硬功。他一个人徒手对付三个人没问题。到了中年，他仍能轻而易举地跳过一两张桌子，还能从数步之外一跃跳上人力车的座位。在五六十岁时，徒手对付一两个年轻人也没问题。中华人民共和国成立后，他任复旦大学校长时已年过半百。他吩咐身边的工作人员，他午睡的时候，如有事要叫醒他，只要喊几声就够了，千万不能来摇他的身子，不然，他会条件反射地出拳，肯定要伤及来摇他的人。到了晚年，他仍然是坐如钟、立如松。在复旦大学的师生眼里，他们的校长是一个怪老头，走路时身板总是挺得直直的，步伐总是很矫健，没有一丝这个年龄的弯腰相。在中国，既是大学者，又是武功不低者，肯定不多，陈望道能文能武，实在是凤毛麟角。

## 241

义乌豪车多，老板之间常互相攀比。

比到后来，车不够了，直升机也来了。2006年底，义乌一老板花一千八百万元买了直升机，因为义乌没有通用机场，只能放到东阳横店机场。直升机花费大致如下：购机一千二百万元，税六百万元，交青岛直升机公司托管费一年一百二十万元，保险费五十万元。另外还有机场停放费、空中管制费、折旧费等。

由于飞机不能随心所欲想开就开，须提前五小时申请报批，大半年只飞了三十多小时,老板无奈,在《浙江日报》上刊登广告,低价转让直升机。

## 242

义乌新婚人家生儿生女,女婿要到丈人丈母家报信,同时,要带礼物,其中,必带一壶酒。

到了丈人家,女婿不能说生的是儿子还是女儿。生儿子,女婿必将酒壶口对准丈人;生女儿,必将壶把对准丈人。

如果是女儿,丈母娘必说"先生凤,再生龙",以示儿女双全大吉大利。

## 243

义乌响应国家"一带一路"倡议,推动"义乌系"中欧班列建设。

2014 年 9 月,习近平主席在北京会见西班牙首相拉霍伊时,提出了开行"义乌—马德里"班列的倡议。11 月,"义新欧"中欧班列(义乌—马德里)从义乌发车。截至 2017 年 3 月底,"义乌系"中欧班列已往返运行一百六十二次,运输一万二千六百一十二个标箱,在马德里、杜伊斯堡和伦敦设立了三个分支机构,在马德里、杜伊斯堡、巴黎、费利克斯托设立了四个海外仓,在波兰马拉舍维奇和华沙、德国杜伊斯堡和汉堡、西班牙马德里等地设立了五个物流分拨中心。

近三年时间,义乌已开通至中亚、马德里(西班牙)、德黑兰(伊朗)、马扎里沙里夫(阿富汗)、车里雅宾斯克(俄罗斯)、里加(拉脱维亚）、明斯克（白俄罗斯）、伦敦（英国）八条线路，成为开通国际铁路集装箱运输线路最多的城市。

2017 年 1 月 1 日 00 点 00 分，满载各类货物的 X8024/X8065 次中欧班列（义乌—伦敦）从义乌西站始发，驶往伦敦。这意味着，新年第一列中欧班列是从义乌出发。此趟中欧班列首次穿越英吉利海峡，抵达英伦三岛。

2017 年 4 月 29 日，首趟由英国驶往中国的中欧货运班列结束一万二千多公里的旅程，满载三十二个货柜的母婴用品、软饮料和维生素产品等，抵达目的地浙江义乌。

义乌人开玩笑说，看来，到伦敦看美女不是梦。

英国人说，我们的班列能直达中国义乌，再也不怕脱欧"后遗症"，再不会孤独了。

## 244

东阳、义乌出门的人多，东阳人习泥水木工，常在一地驻足，腊月才归；义乌人当挑货郎，转府绕县，没个落脚点。

据说早先鲁班有两个得意弟子，一为东阳人，一为义乌人。学徒期将满，鲁班吩咐两个弟子各制一件遮雨之佳构，若可，则允其谋生去。

东阳弟子做了把伞，可开可合，最宜于行路人。鲁班称许，并嘱："看你是爱东奔西跑的，做手艺人，得稳重一些才行，到一地，住一地，撑一地市面才是正经。"

义乌弟子做了个亭,飞檐挑角立于路旁。鲁班也称许,并嘱:"你倒是个稳重人,做手艺者不仅要稳重,还须到外地跑跑,开开眼界,到什么地方都打得开市面才好。"

两个弟子都听进了师傅之言。东阳弟子,到一地,住一地,撑一地市面;义乌弟子,终日绕村绕户,干脆把工具换做货郎担。从此,代代传承,形成"东阳幽(方言,意为藏匿在那儿不动),义乌寻"的习俗。

一个幽,一个寻,两人像在捉迷藏。

不过,这两个字点出了两地人们劳作的特点,倒也形象。

## 245

自古东阳出才子。

东阳读书人多,所以东阳人文化程度高。南宋有个东阳人叫乔行简,是吕祖谦的学生,很有才,各县出对高手都难不住他。

永康人出对:五指岩,岩五指,指指立地。

乔行简应对:八面山,山八面,面面朝天。

金华人出对:山羊上山,山碰山羊角,咩。

乔行简应对:水牛下水,水淹水牛鼻,嗼。

不过,乔行简自认有一联对不出:"玉山,凤山,歌山,三山玉凤歌东阳。"玉山、凤山、歌山都是东阳地名。

据说此联至今无人对得出。

## 246

仅听她的声音,一口地道的东阳方言,很难与她那标准欧洲人面孔联系起来。

这个叫瓦格纳的奥地利老太,刮起过一阵旋风。

20 世纪 90 年代初,最早刊登瓦格纳故事的是《参考消息》,当时寥寥百余字,讲有个家乡在奥地利的外国女人在中华人民共和国成立前嫁到中国,在中国乡村隐姓埋名几十年,她第一次回维也纳家乡探亲时,在当地引起了轰动。

她的朋友问:你怎么会在中国?换作我,可待不下去。瓦格纳回答:我的根在中国。

1931 年 1 月,东阳学子杜承荣以优异的成绩通过考试,被派往奥地利学习警务。

在溜冰场上,偶然的眼神触碰,让杜承荣结识了热情浪漫的瓦格纳,他跟她学溜冰。当时,瓦格纳是一家百货商店的售货员。爱情就这样来势迅猛,踏平了国界,融合了文化。

1933 年,杜承荣学成回国。1934 年,瓦格纳追随而至。1935 年,杜承荣和瓦格纳的婚礼在西子湖畔新新饭店举行。

之后,中国历经内忧外患的多事之秋,瓦格纳随着杜承荣的迁调,颠沛流离,辗转杭州、福州、重庆等地。

1949 年 8 月,杜承荣作为旧职人员解甲归田,瓦格纳随着丈夫回到东阳湖沧村当农民,抚养五个孩子。杜承荣于 1990 年病逝。

承受了动荡岁月的困苦、生活的艰辛,她依旧痴心不改。

经过国内外记者报道,这段低调的爱情故事广为传播,感动了无数人,还被拍成纪录片、编成歌剧。以她为原型,中奥合拍了故事影片《芬妮的微笑》。

2003年2月19日,瓦格纳在东阳去世,离《芬妮的微笑》首映仅差两天。亲人们把她安葬在丈夫身边,两人永远相守。

## 247

金华地区有一个公园,年年都会被大水淹没。

这个公园就是兰溪中洲公园。

中洲公园是婺江和衢江冲刷而成的沙洲,处于兰溪新老城区的中心,不发洪水时,中洲渔火也是兰溪八景之一。公园与兰溪古城之间,还有一座浮桥相连,浮桥随着水波起伏,给人别致的感受。

但沙洲由于地势低,每年六七月份,上游婺江和衢江流域进入汛期,下游又有富春江水库阻拦,洪水一来,中洲公园便会被淹,整个公园低于水面一至两米,成了天然的行洪区。浮桥也要因为安全原因拆除。

如果将中洲公园填高,那么,洪水到来时,便会冲进兰江两岸的城区,淹没民房。所以,中洲公园用自己的"牺牲",换回城市的安全。

兰溪朋友说,中洲公园如果没被淹,恐怕这一年会天下大旱。

原来,公园被淹,倒是代表风调雨顺啊。

## 248

改革开放初期,大多数人还"瞎冲懵懂(瞌睡刚醒)",兰溪已经开始玩股份制了。

1990年年初,只见大量上海佬赶赴金华兰溪,他们鼻子很灵,从民间搜集购买了不少兰溪化工厂的凤凰股票回上海。过了不久,上海证券交易所开张,首批八只股票,七只都是上海本地股,唯一一只外地股,便是兰溪凤凰。最高价时,凤凰股票涨了四十倍。

兰溪化工厂的职工发了,上海佬更是发了。

兰溪鬼一看,发财也简单,不就是一张纸嘛。兰溪有十来家公司依样画瓢,自行发股票,拿到义乌推销。没什么人知道,股份制企业需要规范的程序和批准,义乌人钱真的挺多,没几天一抢而空。

后来,就没什么后来了。这些兰溪杂牌股份制公司有的倒闭,有的破产,反正没有一家真正上市。股本金也不知到哪儿去了。

## 249

金华各县市中,数兰溪与金华主城区直线距离最短,风俗习惯差别最小。

虽然是两个城市,两地方言口音与词汇,相似度却在百分之九十以上,对话基本不用翻译,但也小有不同。

金华话第一人称"我们"是"阿郎",兰溪人说"我代",或"我侬"。

"金华宁"说老婆是"内堂",兰溪人则奇怪地叫"老额"。

"非常"一词,"金华宁"说成"危险",兰溪人说成"吓人"。譬如说"兰溪甘蔗非常便宜",金华话为"兰溪甘蔗危险便宜",兰溪话就是"兰溪甘蔗吓人便宜"。

兰溪人称家为"瓜",邀请客人到家坐一会就是到"瓜里坐下"。"金华宁"的"瓜里"则为怀抱里。所以,有时"金华宁"想吃兰溪人"豆腐",就邀请兰溪异性到"瓜里坐下"。

## 250

阿郎金华人最喜欢的绿叶菜叫"三月青",略带苦涩,嚼之留香。同样一种菜,我代兰溪偏偏称"大仙菜"。

兰溪人说,"大仙菜"炒熟后青碧如玉,故兰溪人也称它"落汤青"。此菜原生地为黄大仙故里兰溪黄湓村,而食后略带苦味,传说是大仙用治病救人留下的药渣做肥料浇灌长大的,因此被赋予神奇名称"大仙菜","大仙菜"名称比"三月青"更有号召力。

金华人抬杠说,"三月青"不用药渣做肥料也带苦涩,品种关系而已,还是叫"三月青"更形象,更亲切。

兰溪人觉得,这是有文化与无文化的区别。

不过,我听了"大仙菜"的传说,再吃"三月青",似乎感觉一股仙气飘过,苦涩中竟然有了甘甜,使人回味无穷。

金华有意思

## 251

浙江古籍出版社于 20 世纪 90 年代初出版了兰溪人李渔的著作全集,里面竟然收录惊世奇书《金瓶梅》,引起哗然。

出版单位认为,写《金瓶梅》的兰陵笑笑生虽然不是兰溪的奇人李渔,但著名的《金瓶梅》崇祯本是李渔点校改定的,有根有据,板上钉钉,故必须要收入全集。不过,书中删字太多,每删一个字,就用一个方框代替。

"淫书"《肉蒲团》货真价实为李渔所著,避无可避,也收入全集。可能需删的文字更多,故全集中《肉蒲团》只写了个故事梗概,非常"卫生"。

纵是这般,这套《李渔全集》共十二本,当时洛阳纸贵,根本买不着。

很好奇,假如现在再出版《李渔全集》,还会不会删字或只写故事梗概?

## 252

兰溪的中洲公园以及兰阴山景区,都立着一座兰花女雕像。她们端庄美丽,各自手捻兰花,神色安详,发髻云耸,衣袖飘飘。

游客不禁要问,她们是谁?来自哪里?归于何处?

无人知道,无人回答,好尴尬。

面对如此美女,岂能辜负大好春光?

兰江街道联合两家自媒体，在网络上发起《兰花女故事》征集，请大家塑造兰花女的身世、经历、命运。大半年过去，据说已收集了不少素材了。

不知这些故事，是否会像兰花女这般耐看？

## 253

三个臭皮匠，抵过一个诸葛亮。

兰溪诸葛八卦村，是迄今为止发现的诸葛亮后裔最大的聚居地。

如何开发诸葛八卦村的旅游，对诸葛亮的后裔来说，仿佛经历了"请臭皮匠帮帮诸葛亮"的心路历程。

之所以称作八卦村，是由于村子的建筑格局是按八卦图样式布列的。以村内的钟池为核心，八条小巷向外辐射，形成内八卦；村外的八座小山，形成环抱之势，构成外八卦。而半边有水、半边为陆的钟池，犹如九宫八卦图中的太极。值得一提的是，村内的房屋沿八条小巷分布，虽然历经几百年的岁月，房子越盖越多，但是九宫八卦的总体布局却一直未变。

村民们说，起初，他们对于村子发展旅游并不看好。20世纪90年代，村里请专家学者来做课题研究，呼吁保护古村落和开发旅游业，村民们议论纷纷："我们这种老村子能搞旅游？""人家能对咱们的牛棚感兴趣？"

"臭皮匠"的旅游开发思路被采用后，诸葛亮后裔以保护为核心，以原汁原味特色为基础，果然使诸葛八卦村名扬海内外，游客如织，还被列为全国重点文物保护单位。

兰溪诸葛八卦村

## 254

兰溪诸葛八卦村很多民居大堂内天井照壁上写的"福"字很特别。仔细观察一下这个"福"字的结构组合，左边偏旁上部为鹿，谐音"禄"字；右边偏旁上部为"鹤"，"鹤"代表长寿，而暗藏个"寿"字；鹿鹤相逢为"喜"，本字为"福"。原来它蕴涵着"福、禄、寿、喜"这四个字。

好一个"亮性长于巧思"，一字生出四字。

诸葛八卦村的"福"

### 255

金华民谚说，"兰溪一剂药"，指以前兰溪医馆和中草药行业的发达。

这与诸葛八卦村有关。

从明代起，兰溪一带的诸葛族人主要以经营中医药为主。据说这是秉承了"不为良相，便为良医"这一祖训。后来，他们在此行业中逐渐发展壮大。清代中后期，诸葛族人把他们的中医药店开到了浙江各地,乃至于全国各大城市,形成"兰溪药帮"这一商业帮派,盛极一时。同时也造就了诸葛村今天众多华丽精巧的民居建筑。

## 256

金华古谚说:小小金华府,大大兰溪县。

兰溪人谦虚地说:因为兰溪知县是金华知府的父亲,金华知府儿子见了兰溪知县父亲要先跪拜,然后再有上下级之礼,故有"小小金华府,大大兰溪县"之称。古时有"三纲"即"君为臣纲""父为子纲""夫为妻纲",儿子当官再大也要拜父亲的。

好有文化的说法,兰溪人嘴巴就是好。

实际情况是,在以前,金华基本只是个行政中心,兰溪才是八婺的经济中心。兰江扼金衢,通杭徽,江上商船如织,城边码头林立,会馆鳞次栉比,人称"小上海",吸引着各路淘金者。直到1934年浙赣铁路开通,以及金华、武义、永康、丽水各级公路开通,货物改道分流,金华的经济枢纽地位才得以显现,开始逐渐超越兰溪。

## 257

不知是不是巧合,诸葛八卦村旁边,居住着姜维的后人。

而且不止一个村,共七个姜姓村庄,像卫士般拱卫着诸葛八卦村。

"深知天下事不可为而为之者,孔明是也;深知国事不可为而为之者,姜伯约是也。"诸葛亮为了报答刘备的知遇之恩,鞠躬尽瘁,死而后已;姜维为了报答诸葛亮的知遇之恩,苦心经营,忍辱负重,以身报国。

据《姜氏宗谱》载,元朝元贞元年(1295),姜维三十七世孙姜霖到兰溪任县学教谕,后居住西岗,将西岗改名为西姜,西姜就是姜姓七村的发源地,至今已逾七百年。

西姜祠堂已被列为全国重点文物保护单位。

## 258

抗日战争时,兰溪发生了一件大事,让日本侵略者"男人沉默,女人哭泣"。

1942 年 5 月 28 日,兰溪黄湓村村边的小土坡发出"轰隆"一声巨响。

直到 1984 年,日本防卫厅防卫研究所战史室编写了《中国派遣军》,个中原因才首次被披露。当时,为打通浙赣线,侵华日军进犯兰溪。15 师团师团长、中将酒井直次在小土坡触雷,左腿被地雷炸开了花,腹部也受了伤,虽经抢救,终因受伤过重,失血过多,于当日气绝身亡。

书中哀叹:"现任师团长阵亡,自陆军创建以来还是首次。"

埋雷的是驻守兰溪的川军部队,他们埋完雷就撤出了兰溪,幸存的老兵也是四十多年后,才知道地雷炸死敌酋之功。

现在,黄湓村的小土坡早已被平整,抗战胜利 70 周年之际,兰溪市在不远处竖了个"兰溪五月之役"纪念碑。

日本侵略者不会知道,旁边的黄湓村,就是大名鼎鼎的"黄大仙"黄初平的家乡,侵华日军的残暴,想必早已激起天怨人怒,引起人神共愤。

## 259

兰溪最知名的小吃是鸡子粿。

兰溪话"鸡子"就是鸡蛋,鸡子粿即鸡蛋饼啦。

鸡子粿外观与其他饼相似,只不过略高,略厚。制作时,先放肉馅,再放小葱,包口暂不封死。将半成品放入油锅,将鸡蛋液从包口灌入,而后封好口子,经油煎以后,鸡子粿酥脆鲜香,让人垂涎。

来个鸡子粿,再来碗粥,喝粥啖粿,岂不快哉。

兰溪鸡子粿

## 260

宁波糯米汤圆闻名天下。但是,兰溪独有的豆腐汤圆,"藏在深闺无人知,一朝入口莫能忘"。

烹制豆腐汤圆,真是个技术活。取盐卤豆腐一块,捣碎,瘦肉剁成肉泥,加料酒、生抽以及姜粒拌匀做成汤圆馅。然后取一碗面粉,用大勺子背压实,在碗中间做出一个"窝"。取一团弄得很碎很细的豆腐摊在手心,中间放上肉,然后再放一层豆腐泥,轻轻揉圆,然后放入面粉碗中,双手摇碗,使豆腐丸子在"窝"里轻轻地滚动,均匀地沾上"窝"四周的面粉。汤圆成型后,拿一个勺子兜住,沿锅壁放入烧开的水中煮,水烧开后维持小火,待汤圆浮起,即可食用。

仿佛对待艺术品般精雕细琢,看看这个豆腐汤圆的制作过程,还没下嘴,便感觉值了。

**兰溪豆腐汤圆**

## 261

兰溪小吃"肉沉子",一般人还真吃不到,这是兰溪的风俗,丈母娘给女婿的特供。

先将生鸡蛋敲开倒入碗里,小心地将肉馅轻轻塞进蛋黄,同时注意不要将蛋黄挤破,再把蛋放进锅中,煮五六分钟后即可食用。肉沉子既可用糖水煮蛋甜吃,也能用酱油、猪油和水煮蛋咸吃。

看来,兰溪丈母娘个个都心灵手巧。

兰溪女婿好福气啊!

## 262

徜徉在兰溪兰阴山景区,发现有大明王朝正德皇帝的"兰阴深处"四个大字,字体温润饱满,感觉甚是难得。

兰溪朋友却说了个民间故事:当年正德皇帝来到兰阴寺,索要寺中一株名贵梅兰。和尚不愿给,把梅兰藏到井下。正德皇帝闻到井里传出的香味,却找不着兰花,便喝了几口井水,口占一诗,第一句为"兰阴深处有异香"。提笔刚写完前面四个字,突然肚子疼痛难忍,原来是因为井水太凉。于是皇帝生了气,扔下笔,匆匆走了。

这皇帝老儿,一句话都没写完整,不上路。

原来如此,难怪朋友对皇帝墨宝有点不屑。

## 263

当年,兰溪茭白船在钱塘江航道上最为著名。

1933 年,郁达夫应杭江铁路管理层的邀请,到达兰溪。晚餐有人请客,郁达夫是在兰溪三角洲边的"江山船"上吃的。他在日记中记道:"兰溪人应酬,大抵在船上,与在菜馆里请客比较起来,价并不贵,而菜味反好,所以江边花事,会历久不衰,从前在建德、桐庐、富阳、闻家堰一带,直至杭州,各埠都有花舫,现在则只剩得兰溪、衢州的几处了,九姓渔船,将来大约要断绝生路。"茭白船也称花船或江山船。

兰溪人曹聚仁出生于 1900 年,他在《兰溪——李笠翁的家乡》一文中说:"我国的船妓,《官场现形记》写了杭江江干的江山船,许多人健羡不已(那位将军是给船娘迷昏了)。实在船娘之多之美,还是兰溪为第一。"

1926 年冬,浙闽苏皖赣五省联军总司令孙传芳溃退到兰溪,把茭白船上的"驾长"、舫女、水手统统赶上岸奸淫、枪杀。孙传芳用茭白船架起一座浮桥,让溃军通过。兵进兰城后,孙传芳又下令炸了"浮桥",不少茭白船化成一块块破烂的船板,随兰江水悠悠而去了钱塘江。茭白船遭此劫难,一蹶不振。

1928 年,兰溪县警察局设立济良所,专门收容娼妓,组织她们学习文化、缝纫技术等科目,以资改良。从此,兰溪茭白船又不断减少。据记载,1929 年,兰溪城尚有茭白船四十九艘,仍居金、衢等十九县之前茅。

金华有意思

1933年9月,兰溪为"新生活运动"实验县,县里采取五条措施对花舫女加以限制。内容有:

(1)自登记以后,花舫女只准减少,不得增加;

(2)老板、鸨母要将花舫女当作亲生女儿看待,如有虐待,要受到政府处理;

(3)花舫女穿着要朴素,可以上街玩耍,但不能在外住宿,不能唱淫秽色情小曲,不能留客在船住宿;

(4)按照官价收费,不得乱要钱;

(5)不准吸烟和毒。

自此,花舫和花舫女就逐渐减少到二十五艘、九十人。

抗日战争时期,日机轰炸兰溪,菱白船基本销声匿迹。

如今,九姓渔民早已上岸。改革开放后,兰江上出现过雕梁画栋的新"花船",但这"花船"已经不再是那"花船",只能吃吃酒喝喝茶了。

## 264

民间舞龙灯,龙的身首必相连。兰溪却有舞断头龙的,令人吃惊。

民间传说,唐代贞观年间,浙江连年大旱,禾苗枯焦,百姓纷纷求告龙王。龙王动了恻隐之心,立即奔赴天庭禀告玉皇大帝,让玉皇大帝准他降雨。玉皇大帝下了一道旨令:"城内降雨七分,城外降雨三分。"

龙王领旨以后心想,城里降雨七分就要闹水灾,城外降雨三分又无济于事,何不来一个倒三七降雨呢?于是龙王在城里降了三分雨,在城外降了七分雨,城里城外的百姓都得到了好处。玉皇大帝知道以后，却是大发雷霆，怒斥龙王违抗天旨，对龙王处以斩刑。

　　百姓为了报答龙王的恩德，各村各庄都扎制了龙头，供奉在庙堂里或厅堂上，焚香礼拜。每到春节和元宵，村民扛着龙头和龙身，沿村沿庄游走，对龙王寄托哀思。由于龙头被斩了，所以龙头、龙身就分开来舞，被叫作"断头龙"。

　　2008 年，断头龙被列为国家级非物质文化遗产。

**兰溪断头龙**

## 265

新疆民间故事中有阿凡提，绍兴有徐文长，台州有济公，金华有兰溪毕矮。

毕矮，原名毕文彩，明末清初人，是兰溪市毕家村人。他的故事，数百年来在兰溪民间口口相传，经过不断丰富充实，至民国时在兰溪已家喻户晓，在金华各县市以及龙游、建德、安徽南部、江西东部等地也广泛流传。

金华有一句骂人的话，"侬个兰溪毕矮"，说的是毕矮之恶。

有一个毕矮的故事是这样的。

有一回，一对夫妻带着一个吃奶的小孩坐船过渡。在船舱，那男的说漏了嘴："人家说兰溪毕矮很恶，咱们要注意。"这时，女子解开衣襟，给孩子喂奶。她左胸下有颗小黑痣，毕矮看在眼里。待过了渡，毕矮突然一把抓住男人的手："大白天拐走人家的老婆，那还了得？"

两人拉拉扯扯，闹到了官府。毕矮对县太爷说："县官大老爷，我老婆身上是有记号的。"县官听了，问另外一个人："你老婆身上可有记号？"那人答："没有。"县官又问毕矮："什么记号？"毕矮说："我老婆左边胸部底下有一颗小黑痣。"县官验后便将那女子判给了毕矮。那人垂头丧气地和毕矮一起走出衙门，毕矮却让他将妻子带走。那人喜出望外，差点给毕矮下跪。然而他带着老婆、孩子前脚刚走，毕矮又跑回县衙，泪流满面地对县官说："大人啊，你可要给小的做主啊！那人又把小人的老婆拐走了！"县官一听，火冒三丈，当即命令将夫妇俩追回来并打了四十杀威棒。

那人出了衙门,想想自己也太窝囊了:老婆、孩子丢了,还无缘无故被打得皮开肉绽,往后,面子往哪搁?他竟想跳进兰江一死了之。幸亏毕矮带着他的妻儿及时赶到,才挽回他一命。毕矮对他说:"你的老婆你带去!这个教训要记牢,以后说话注意点,切勿背后议论人!"

毕矮是智者还是无赖,坏人还是好人,还是由列位看官自行评说吧。